낮에는 낮잠 밤에는 산책

이용한 시집

문학동네시인선 115 이용한

낮에는 낮잠 밤에는 산책

시인의 말

비루의 혀를 나무에 매달았으니
너는 훨훨 낙엽 져서
멸망에 닿으리라.

2018년 겨울
이용한

차례

2부 묘생

3부 코펜하겐

4부 조캉사원의 기타리스트

1부

불안들

날조된 측면

그것은 날조되는 중이다 언제나 나는 당신에게 누락되어 있었고, 모든 삶의…… 과거인 살았다를 횡단하며 살았다 말하자면 측면으로부터 나는…… 무너진 측면이 있다 어떤 강력한 새떼가 덮쳐왔다거나 공고한 망령이 도래한 것은 아니었다 그저 나는 단순한…… 정류장을 옆에 두고 기다렸을 뿐이다 매 순간 어긋나버린 어떤 고백의…… 절취선을 따라 창문을 열었을 뿐이다 맹세코 그것은 네가 와줬으면 좋겠어라고 구원한 게 아니었다 단지 여긴 아무것도 없어요에 대한…… 변방의 사고일 뿐, 때아닌 때마다 비할 데 없는 저편에서 섬뜩한 낙뢰가 바닥을 쳤다 서명도 없이 갈겨쓴…… 자필의 흔적에서 나는 괴물의 형식이 아니라 엄연히 도래하는 괴물을 읽었다 그것은 분명

무중력상태인

나에게 잡다한 균열을 파종했다 다만 연장들을…… 내려놓고 나는 바라보았다 나라는 번다한 괄호 속에는 늘 귀 없는 구멍 한 그루가 자라는 중이다 이를테면 1968년의 봄은 희미해져간다는…… 거듭된 반송, 독과 약, 몽매주의, 말 그대로 '自然', 망각, 올가미, 간극, 아직 도착하지 않았다는 심연, 삽입, 곤경에 처한 경전들, 고고학…… 어조와 어감을 떠도는 나의 성장통, 곧이곧대로, 현저하게, 목하 날짜를 셈하는 식구들…… 오래도록 어떤 귀향에 대한 비유들은 끝

나지 않을 낱낱의 책이었다 모든…… 귀거래의 추억은 피치 못할 피난일 따름이다 붓다의 저편이 열반은 아닌 것처럼 예수의 재림이…… 천국은 아닌 것이다 그럼에도 나는 돌아갈 곳이 없는 이상한 방랑을 멈출 수가 없다 마찬가지로 당신의…… 마지막 온기조차 없다, 없었다, 모든 난독의 기원은 죽음의 계통을 야금야금 관통해버렸다……

한밤의 몽키 스패너

여자는 식탁 위에서 자꾸만 늙어갔다
오래된 허공을 걸어왔으니
저녁은 발목이 아픈 여자의 형식이 되었다
서랍에 넣어야 할 몽키 스패너를 설거지통에 던져버리고
입술에서 발목까지 흘러내린 악몽
왼쪽 어깨를 들썩이며 여자는 몇 번이나 고쳐 앉았다
인생은 어디에나 있어요
하지만 물이 새는 집에서 살 순 없죠
사방에 흩어진 여백들
대체로 그런 동정은 접시에 담을 수도 없다
그녀가 물려받은 거라곤 쓸데없는 책들과 슬픔
어쩔 수 없는 몽키 스패너
물끄러미 바닥에 앉아서 여기가 바닥이야, 라고 말하는
여자의 등을 아무도 쓸어주지 않는다
맨날 체하고 지랄이야
소화가 되지 않는 저녁에
약도 없이 찬물만 마시다가 여자는 가만히 들썩인다
이유가 없어도 창문은 삐걱이고
7월의 느티나무가 부엌까지 가지를 늘어뜨렸다
살면서 고장나는 것들은 언제나 고장이 나선 안 되는 것들이다
시들어버린 손목과
고무 패킹이 망가진 수도꼭지

언제부턴가 여자는 시집조차 읽지 않는 가장이 되었고
수선할 곳이 많은 엄마가 되었다
인생은 어디에나 있어요
하지만 모두가 떠난 곳에서 기다릴 수는 없죠
세상에 없는 당신
저만치 내려앉은 나뭇잎
한밤의 깊은 공중에 대고 여자는 힘껏 웃었다

불안들

웃는 표정을 걸어놓고 나는 울었다

심란한 구석에 손목을 내리고
문득 멸망한 유물론자처럼 앉아 있어요
저녁은 친절하고, 4월은 불길하니까
환하게 염불을 외며
교양 있게 슬퍼하는 거야
미쳐도 곱게 미치는 거지
들어오세요, 앉으세요
심장이라도 내어드릴까요 아니면 이 낡은 머리라도
이제 곧 첫눈이 내리겠지
꽃밭이 하얗게 얼어붙겠군
소년과 겨울이 뒤엉킨 뒤죽박죽의 계절들
붉은색 원숭이가 걸린 방에서
나는 삭제되었습니다, 라는 문장을
한번 더 삭제하고
보세요, 여기가 이미 바닥이에요
뛰어내릴 수도 없는 반지하 창문에 박힌 노란 달
달 하나에 한숨과
달 하나에 아버지
이 세상은 모든 아버지들이 망쳐놓았죠
요컨대 내가 아버지라는 게 가장 무서워요
아버지인 내가 시를 쓰고, 물을 마시고, 숨을 쉰다는 게

도망가지도 못하는 아내가 던지고 간
작고 하얀 알약을 삼키며
무수히 늦은 나를 잡아당기며
좀더 왼쪽으로, 무엇의 왼쪽인지도 모르고
버려진 자전거처럼 모로 누워
잠들지 않으려고 최선을 다하죠
눈을 감았다 뜨면 내일이 올 것 같아서
알아요, 이미 새벽이라는 거
아무 일도 일어나지 않은 목요일이라는 거
불면을 건너면 불안
죽고 싶은 것과 살고 싶지 않은 것은 달라요
둘 사이의 공백을 견디는 게 삶이죠
약을 먹으면 인생은 다시 좋아질 테지만*
가능성이란
불가능한 광년 너머에나 있는 것
보세요, 어디서 왔는지도 모르는 구름이
방안에 가득해요

그저 나는 조금 흐린, 이라고 쓴 뒤
더욱 흐릿해진다, 숨죽인 숨결처럼.

* 레나타 살레츨, 『불안들』(박광호 옮김, 후마니타스, 2015) 중에서.

고래의 밤

고래의 밤은 깊고 사내는 심해에 잠겨 있다
어떤 신음은 액체처럼 눈 속에 고인다
고래에겐 바다보다 지느러미로 끌고 온 바닥이 더 아프다
등이 시린 저녁을 눈꺼풀로 가만 덮고 있는
고래의 귓가에
사내는 슬프고 오래 말간 숨을 밀어넣는다
바다를 건너온 비릿한 소리가 혀끝에 와닿는다
아, 하고 벌린 입에서
안간힘으로 집어삼킨 포구의 날들과
질긴 골목이 꾸역꾸역 흘러나온다
내게도 고래 심줄 같은 악연이 있었다고,
사는 게 끝 간 데 없는 벼랑이었다고,
눈 한번 질끈 감으면 끝낼 수도 있었다고
고래는 조용히 돌아앉아 어깨를 들썩인다
등이 굽은 사내는 하염없이 천장만 보다가
고래등만한 배후에서
무너진 억장이나 쓰다듬다가
궤맨 자국이 역력한 원피스 지퍼를 내리고
다 젖은 거죽에 시든 가슴을 포갠다
쓸쓸함이야 쌓이면 얼마나 쌓이겠냐고
바다면 어떻고 바닥이면 또 어떠냐고
밀물지는 고통과 썰물지는 세월이 만났으니
꽃처럼 흩어지고 물처럼 철썩거리며

우리 그렇게 밀려나서 살자고
사내의 언 손이 고래의 신음을 끌어안는다
반쯤 깨진 허공의 퀭한 달이나 보면서
고래는 들썩이고 아침까지 사내는 뒤척이는 것이다.

고백

이상한 밤이야

인생을 시작할 때 이런 일은 계획에도 없었지만, 이런 일이 벌어지고 말았지 아프기 위해 아픈 사람은 없어 반드시 그래야 할 필요가 없는데도 그래야 했던 이유는 있겠지 삶이란 이유를 만들어가는 거니까

오늘밤 안으로는 끝나지 않을 소설처럼, 완전하게 불완전한 이 불안의 경로를 따라가보는 중이야 덧붙이자면 소년은 왜 이불을 뒤집어쓰고 울어야 했는지 왜 단추 없는 옷을 입고서도 지속적으로 단추를 잠그려는 모순을 반복하는지 요컨대 너는 오지 말아야 할 곳에 와서 웃지 못하는 평생을 살았지

웃지 못하는 것들의 이유란 대체로 웃기는 이유들이야 여긴 가지 못한 자들의 이유만이 아름다운 곳이지 어쩔 수 없는 환영과 한숨, 무모한 입술들, 덧없는 발광, 웅크린, 도대체 미끄러지기 쉬운 이생의 감정은 언제나 희미한 언어로만 존재해

저녁 아홉시와 골목 사이

창문을 열고 겨우 바깥을 넘겨보지 슬플 땐 책장을 넘기

는 것조차 슬픈 일이야 수도꼭지를 잠그다가도 울음이 쏟아지지

나는 그 무언가를 위해 이곳에 오지도 않았고
달아나려고 과속하지도 않았는데,
아직도 말뚝에 매인 염소처럼 울고 있어요
죽고 싶은 순간에도 삶은 계속되고 있죠

이것은 너의 우는 방식 언제나 아름답지 못한 결론에 도달하는 것 불원간 등을 보이며 멀어지거나 여기서 걸어나가 돌아오지 않는 역할을 할 수도 있겠지 얼마든지 그럴 수도 있겠지만 여긴 고뇌를 즐기기에 적합하지 않아 빌어먹을, 어쩌다가

가장 용감한 단어는 여전히 비겁하고*

오늘도 가장 멀리서 온 발자국을 하나씩 내다버리지 이왕 망하는 거 우리 최선을 다해 멸망에 도착하는 거야 내일은 또 일찍 일어나야 하니까

* 비스와바 쉼보르스카, 「단어를 찾아서」(『끝과 시작』, 최성은 옮김, 문학과지성사, 2007) 중에서.

가지 마

너의 골목에 아픈 몰골이 번진다 영등포거나 통영이어도 상관없는 밤은 혼자 깊어졌고, 내가 평생 흘릴 눈물을 너는 단숨에 쏟아냈다 바람이 언덕을 흔드는 날엔 침대 위에 묵은 나뭇잎을 뿌리며 웃었다 어쩔 수 없다는 거 알아요 아침에 세 알, 저녁에 네 알, 알약이 없으면 잠도 없고, 이별도 없겠죠 밤마다 잠들지 못하는 너를 헤아리다가 나는 손가락 끝으로 반쯤 죽은 너를 만진다 너의 아픈 발목을 하염없이 들여다본다 너의 잠 속에 어떤 괴물이 사는지, 누가 망가진 너를 덮어놓았는지, 페이지는 문득 붉고, 오랜 독서는 까마득했다 아침은 악몽이었고, 저녁은 고통이었다 괜찮다고 말하는 너는 단 한 번도 괜찮은 적이 없었다 옥탑방에 퀭하게 뜨던 달과 목련과 혼절하던 밤들, 연기로 그득한 눈과 아직도 이불 속에 웅크린 소녀, 정수리에 초승달 모양으로 아문 상처를 보여주며 너는 파꽃처럼 웃었다 잇속에 울음을 한가득 물고 웃는 여자를 보며 나도 웃었다 되도록 나는 울지 않을 작정이다 그것은 너의 뜻이 아니므로 나는 안부 따위 묻지도 않겠다 너를 사랑하는 일은 애당초 마음이 다치고 몸이 젖는 일이어서 나는 자꾸 뒤척이며 흘러갈 것이다 오늘따라 당신이 말아주던 말간 국수가 먹고 싶었고, 유언처럼 손바닥에 가지 마, 라고 적었다

밀월

정처 없으니 경계는 들썩인다 6번 국도 아니면 국수리 어디쯤, 거듭 혼미하고 언젠가의 밀월도 부진하다 나의 유일한 음악은 더딘 발소리, 세 번은 울고, 열두 번은 뒤척이는, 그리고 약간, 미흡, 가라앉는, 머나먼, 이건 어쩔 수 없는 외로움의 질량이다 미묘하고 불길한 정조, 마침내 육중하고 매끄러운, 저속한 도로에서 미물은 미물처럼 죽거나 사라진다 살아도 사는 게 아닌 순간들은 언제나 생략된다 모든 순간을 순간 이동하면서, 절반의 생을 질질 끌면서 기어이 일어날 일은 일어난다 졸려 죽겠어, 지겨워 죽겠어, 다들 죽고 싶은 밤의 기침 소리, 어떤 돌연한 생은 두물머리를 지나 운길산에서 멈춘다 수수꽃다리는 지고, 절정이 끝난 여자가 끝내 끝나지 않을 이별의 확률을 옮겨 적는다 전조등 너머로 파문, 출처 불명한 궤적, 어쩌면 이 외로운 자동차 극장에서 안경도 없이 우리는 멸종할 것이다 나에겐 시간이 없고, 그 많은 시간을 누가 가지고 있는 건지도 알 수 없으므로, 내 마지막 괄호는 욕조 속의 무한한 너에게 바친다 궤도를 이탈했고, 자리에서 물러났고, 당신에게 버림받았다 한 권의 책은 하나의 단어에서 시작되었으니 어미(語尾)로써 나는 엄살을 부리다가 상투적인 극한 속으로 미끄러진다 처음부터 독과 약에 대한 원천에서 나는 누락되었으므로, 이토록 심란한 야심이고, 이유 없다

아홉시의 랭보 씨

그러므로 밤이 깊었다
내가 사랑한 것은 12월의 어쩔 수 없는 목련이다
삶이 별건가, 발바닥이 밑바닥을 훑고 가는 것
이건 가슴이 아니라 심장이 말하는 소리다
말하자면 여긴 방랑의 서쪽이고,
낙타 한 점 같은 희미한 저녁이 오는 것이다
구름의 모략은 향긋하다
기약 없이 나는 독한 가루약을 먹고 떠난다
너의 외로운 구멍을 만지던 손으로 나는 신발끈을 맨다
아무래도 좋다
오래도록 나의 삶은 적막과 미열이 흐르는 권태였다
두꺼비보다 한가롭게, 나는 도처에서 살았다*
한 움큼의 심장과 한 뼘의 혓바닥으로는
어떤 흥분도 전도할 수 없다
똑같은 별에서 일생을 굴러온 한 마리 몽상가는
마지막까지 혁명하지 못할 게 분명하다
그러니 천둥을 음악으로 바꾸려는 음모는 때려치워라
걷다가 나는 흩어질 것이므로
나보다 먼저 걸어간 제목은 순교해도 좋다
객사와 횡사의 행간은 아주 좁아서
어떤 낭독은 건조함 속에서 방향을 잃는다
길의 흉터는 자꾸만 발목으로부터 자란다
그것은 아물지 않고 곧장 아프다고 말하는 입술까지 올

라온다

모래의 국경을 넘을 때마다
주머니에 그득한 언덕과 바람이 들끓는다
떠나고 보니 문득 나는 떠나고 싶어졌다
지금 나에게 필요한 건 혁명보다 담배
어쩌면 졸려서 은둔할지도 모른다—, 나는
저녁 아홉시의 빗방울에 어깨를 맡길 것이다
여긴 심연의 북쪽이고, 밤하늘에 빛나는 잔별은
그저 외롭고 헐렁한 물결일 뿐이다
그러니 여기가 어디냐고 묻지 마라
나는 목련의 자국을 따라왔고, 여기서
눈처럼 퍼붓는 사막의 문장을 꾹꾹 눌러쓴다.

* 랭보, 「나쁜 혈통」(『지옥에서 보낸 한철』, 김현 옮김, 민음사, 2016) 중에서.

십 분간

빨래집게가 자꾸 없어진다 스웨터의 젖은 털이 자라고, 오래된 가지에서 부러진 새의 답장이 온다

이유 없이 울컥, 참았던 비가 내린다

어쩔 수가 없었다고, 어쩔 수 없는 사내는 중얼거린다 어쩌자고 저물어버린 어깨를 토닥였을까 어쩌자고 닫힌 발목을 매만졌을까

마르지 않은 껍질들이 입을 아, 벌리고 빨랫줄에 매달려 있다 끄억거리는 기억을 베란다에 내놓고 여자는 십 분간 운다

이유 없이 쾅쾅, 오는 비가 못질한다

아주 오래 귀퉁이가 젖은 콘크리트의 밤이고, 중간은 생략된 인생일 뿐이다 흐린 입술로 여자는 겨우 비린 몸을 닦는다

신음이 다한 골목에서 쥐똥나무 같은 그림자가 종적을 감춘다 불현듯 길게 휜 사내의 등이 캄캄해진다.

기억의 고집

밤은 길다 구겨진 내가 구겨진 채로 담배를 피워 문다 자꾸 새들은 비린내 속을 날아가고, 단정하게 머리 빗던 이발소의 불빛은 꺼졌다 은평차고지 앞을 무단횡단하던 고양이는 죽었다 나는 그녀의 아랫도리에서 희미하게 깜박거리다가 밤늦게 돌아왔다 달 표면이 가라앉은 모니터 속으로 밀폐된 음모가 떠다닌다 어떤 몽둥이가 시인의 머리통을 박살내는 참혹이 여전하게 지나간 밤이었다 나는 오래도록 황혼과 침묵 사이에서 유흥했다 그 많던 거리의 소녀들은 한 움큼의 나무가 되었다 어떤 세월은 광화문 네거리에서 시간도 없이 녹아내렸다 구두 수선공의 헛된 손은 여전히 닳아빠진 발목에 광택을 내고 있다 구멍 속의 비명을 위독하게 듣는 밤이었다 악몽은 악의 세계에서 내려오고 환멸은 망가진 배경에서 올라간다 나는 어쩌다 개가 씹다 버린 문장을 질겅질겅 씹어본다 너의 불 꺼진 얼굴을 갸륵하게 만져본다 어떤 목마른 씨앗들은 혓속에서 잠깐 움트다 만다 때로 화염에 감염된 물고기처럼 그림자를 흔들어본다 밤마다 내 꿈속에선 탈출하지 못한 아이들이 울고 있다 번민은 길고 헐거워서 뭍으로 끌려나온 아가미의 연민만이 가장 추웠다.

속물

나는 두려웠고
침대를 빠져나올 수 없었으므로
당신의 떨리는 손을
내 가랑이에 갖다댔다
딱하게 수그린 사정 따위
내 알 바 아니어서
뒤섞인 병들을 창문에 걸어놓고
문득 돌아갈 수 없는
발자국을 적었다
쓸데없이 고약했던
이번 생은 킁킁거리며
병원을 전전하다 월동할 테지만
색색거리는 당신의 숨만은
가만히 핥았다

아무튼

경솔함이 날 망쳤지
비겁한 농부로 살고 싶었어
시답잖은 시 따위
개나 주면서
누구나 결단은 필요한 거니까
경칩과 청명 사이
감자를 심어도 좋겠지
아무렴 살구나무는 늙어가라지
맥락도 없이 살다가
이상한 결말에 이르면
비관적인 어부로 사는 거야
되지도 않는 문장 따위
떡밥으로 쓰면서

무관한 근황

잘못된 모퉁이를 돌아
아직 닿지 않은 정류장에 내린다

간결하게 눈이 내렸고
완벽하게 저녁이 되었다

이마에는 오랜 적막
낮게 흘러가는 당신을 가득하게 밟으며
나의 짤막한 외투는 관념적이게 되었다*

오로지, 휘감겨서, 아픈
무럭무럭 무너진 인생에게
혐의 없이 밤이 온다

손목이 기울고, 가볍게
무관한 근황을 지우며
돌아앉아 여러 번
등이 흰 고양이처럼 울었다

어쩌면 연민하는 골목에서
마침내 중얼거릴지도 모른다

오늘은 아주 깊은 날이고

문득 나는 잠겨 있어요
빈약한 관념들과 함께 있죠

발목에 번지는 강물과
웅크린 그대의 기약 없음
그러므로 나의 구체적인 몰골도
불쑥 사라지게 되었다

* 랭보, 「나의 방랑생활」(『지옥에서 보낸 한철』, 김현 옮김, 민음사, 2016) 중에서.

겨자 氏로부터

나는 작고, 작아서 아픈 발바닥을 가졌다 오늘은 눈이 오고, 오지 않는 당신을 보러 역전으로 간다 역전에는 氏 따위는 중요하지 않아, 라고 말하는 부인들이 그득하다 어디에도 너는 보이지 않는다 너는 아홉시에 도착할 것이지만, 아홉시는 이미 지나버렸다 지나간 아홉시는 영원히 지나간 시간이다 아직도 나는 욕조에서 빠져나온 여자들이 보고 싶어 물거품 속을 헤맨다 내가 라싸에서부터 알타이까지 독하게 떠돈 건 이 세상 어딘가에 영감을 주는 욕조가 있다고 믿었기 때문이다 그러나 아무것도 없는 델게르 초원에서 가장 절실했던 건 오직 담배 한 개비, 그 어떤 소녀도 기타도 흡연의 관습을 바꿀 수 없었다 작은 氏의 연애란 언제나 피해망상으로 가득한 법이어서 기침을 하면서 기침을 하면서 처마 끝에 젖어가는 고양이를 바라본다 기침이 나오지 않을 땐 헛기침을 하면서 미친듯이 날뛰던 시절의 문고판 무협지를 떠올린다 시가 되지 않을 땐 산문이나 쓰면서 산문이 써지지 않을 땐 담배나 피우면서 담배 피운 손으로 수염이나 만지작거리면서 도대체 이런 문장은 누굴 위해 쓰는 거지, 라는 거지같은 잡지의 질문을 뭉개가면서 골목에 버려진 눈이나 치우러 간다 쉼표 따위 알아서 하라지 걱정은 붙들어 매고 괄호는 생략하면서 나는 작아서 보이지 않는 글씨로 또박또박 겨자 氏로부터, 라고 쓰고 곧바로 불태워버린다

배후

당신이 떠난 배후는 자욱하다
남은 것들이 무거워서
나는 잠시 가라앉는다
가랑이 사이로 한 움큼 비가 내리고
이따금 눕지 못한 추억이 움튼다
밑줄이 다한 정거장에서
앙상한 결론에 도달할 때까지
가버린 골목은 묘연하다
이곳에선 누구나 휘어진다
문 닫은 것들은 어느새 녹슬었다
발바닥이 먼저 달그락거릴까봐
나는 뒤꿈치를 들고 살았다
입김만으로 충분했던
모퉁이와 겨울 사이
흘러내리기 위해 오늘은
흐린 구름을 닦는다

2부
묘생

우체부 아줌마

누구나 불가능한 편지를 기다리죠
눈길은 위험하고 시간은 굴러가요
공중을 걸을 수는 없어요
고양이는 테라스에, 화분은 욕조 위에
주말엔 연필을 깎죠
남편이 이발소에 간 사이
식욕은 구레나룻처럼 자라요
왜 어른들은 언제나 슬픈 거죠?
어릴 때 너무 웃어서 그래, 하하
아줌마는 신나게 자전거 벨을 눌러요
악의는 없어요
시골에 가면 누구나 착해지죠
감나무엔 유리딱새, 외로울 땐 감자 샐러드
쉽지 않다는 거 알아요
페달은 밟으라고 있는 거예요
자전거는 적당하고 멀리 갈 수 있으니까
멀미가 나면 구름을 봐요
견디는 건 순간이에요
차가 오면 비켜야죠
앉아서도 어디든 갈 수 있어요
그러니까 보따리는 그만 내려놓아요
그건 무거우니까
모자도 벗으세요

담배는 해롭지만, 우유는 얼마든지
아, 모서리엔 앉지 말아요

고양이 아가씨

언덕은 외롭고 구름은 시들어요
벽을 타고 날아갈 순 없어요
상자는 아늑하고 창밖은 위험하죠
하지만 상자 속에서 일생을 보낼 순 없어요
날아가는 것들은 다 문밖에 있죠
평생 밖에서 떠도는 것도 나쁘지 않아요
낮에는 낮잠 밤에는 산책
골목은 갸륵하고 지붕은 달콤하죠
세상에는 아직도 시 쓰는 유령들이 가득해요
음악은 가릉가릉 가죽나무 숲에서 흘러나오죠
해는 기울고 새떼는 날아가요
별이 빛나는 배경에서 이별은 수군거리죠
사랑을 구하기 위해 높은 곳에 올라갈 필요는 없어요
사랑이 끝나면 수컷들은 차가워질 뿐이에요
그리운 것들만 돌아앉아 꼬리를 쓰다듬죠
혀끝으로 핥아보는 신음 소리
외롭다는 발자국은 도처에 있어요
삶은 복잡하지만 생존은 단순한 거예요
늑대가 오면 도망치는 거죠
어차피 처음으로 돌아갈 순 없어요
묘생은 짧고 달밤은 길어요
야옹 이야옹 거기 누구 없어요?
야옹 이야옹 그냥 한번 울어봤어요

불가능한 다방

어차피 불가능한 다방이에요
불가피하게 날이 저물죠
치통처럼 11월은 오고,
목요일은 지나가요
걸레질이 끝나면 화장을 고치죠
난간에서 선량한 음모를 쓰다듬으며
등이 굽고 엎질러진 숙맥들이나 사랑하면서
모든 연민은 구석에서 식어가요
마음속에서 마음을 찾는 것만큼 외로운 일도 없을 거예요
그런 건 아무래도 좋아요
누구나 혼자 걸어가는 망령인걸요
우리는 계속해서 나빠지고 있으니까
돌아앉은 골목과 납작해진 각오들
아무튼이라고 말하는 입술들
어떤 손가락은 서둘러 담배를 끄고
일곱시의 여자들을 만나러 가죠
참 이상하죠? 고장난 것들을 사랑한다는 건
물끄러미 연속극이나 보면서
바닥에 대한 믿음 하나로 그냥 살아요
다방은 그저 다방일 뿐이죠
여기서 사소하고 유일한 티켓을 기다리거나
끝끝내 슬픈 슬리퍼에 대해 함구하거나

고양이 랭보 씨

자고새*만 생각하는 밤이었다

고양이 랭보 씨는 기억력 모퉁이에서 가망 없이 퇴근했다 첫 문장은 길 위의 구멍을 앓다가 폭우 속을 간략하게 떠돌았다 이를테면 굴러다니는 것들의 평면은 아주 낮다거나 뒤돌아보지 않는 표현은 위험하다거나 추락을 모르는 벼랑길은 더욱 깊다거나 이왕이면 강렬한 낙타가 되고 싶었지, 를 가릉거렸다 그러니까 헐떡이며 밀려온 것들은

멸종한 애인들이었고, 한 번도 발정한 적 없는 허구였다 내 속에 창궐하던 당신의 붉은 혀, 고독한 가랑이 속에 얼굴을 파묻고 우는 어떤 살결도 결국엔 지장경을 찾아 쓰레기통을 뒤지는 굽은 등이었다 삼십 촉의 김수영 시집과 읽히지 않는 경계의 술집들은 이미 폐광 사택의 배수 파이프처럼 늙었다

그러므로 밤은 화물칸에 실려가는 천식일 뿐이다 이를 수 없는 수도원 복도에서 누군가 끼이익 전구를 갈아 끼우는 소리, 성냥불을 그어대는 격렬한 발톱, 치사량의 방랑을 내다버린 숨죽인 영역들, 누군가 고양이 랭보 씨 하고 세상에 없는 당신을 부를 때조차 기어이 먹구름은 아홉 살의 테라스를 스쳐만 가는 것이다 모든 여백에서 돌아와 눕는 한밤중에도 골목에 떨어진 한 그루 수염은 그리도 조용히 울고

있는 것이다

* 고양이가 좋아한다는, 성서와 불경에 등장하는 들꿩류.

묘생 1

고양이는 깊다, 라고 써야 하는 밤은 온다

짐승에겐 연민이 없으므로 때때로 서쪽에서 부는 한 마리의 방랑을 약하게 읽어본다 언제나 옳다는 고양이의 진리는 이미 무지개다리를 건넜다 나에게 남은 건 등이 휜 저녁과 길게 우는 일요일이다 골목에 적힌 소변 금지가 대변하는 것은 변변한 분별력이다 이를테면 너의 심층을 걸어내려가는 계단에 앉아 짧은 수염을 덧붙이는 것, 모든 고양이의 세습이 고독한 영역을 관장하지는 않는다 다만 그것을 묘생이라 불러도 좋다 지붕이 있든 없든 상관없다 배경은 배후로써만 안락하다 어떤 배역은 파랗게 녹슬어서 늙은 고양이처럼 가르랑거린다 단지 잊기 위해 너는 꼬리를 쓰다듬는다 거참 묘한 일이다 상처가 깊을수록 아프지 않다는 건, 바퀴에 뭉개진 발자국을 바람에 부쳐본들 비명은 점점 창과 구름 사이에서 연소할 것이다

문득, 고양이별에는 분노가 없다고 자위하는 겨울이다

묘생 2

도망칠 것도 없이
이번 생은 망했다
그러니 여기서 망가진 꼬리나 쓰다듬어야지
골목은 저렇게 아프고
아프지 않은 것들은 돌아앉았으니
지붕을 베고 힘껏 잠들어야지
당신이 떠난 봄날에
죽은듯이 누워서
사랑한다는 문장이나 핥아야지

고양이들아, 오늘밤 나오지 않을래?*

늙은 인간은 다 잠들었다
고양이들아, 오늘밤 나오지 않을래?

골목에 초승달을 걸어놓고
맨발로 총총 춤추지 않을래?

오지 않는 허풍선이는 잊고
사뿐한 입술로 노래하지 않을래?

* 리처드 브라우티건, 『임신중절』(김성곤 옮김, 비채, 2016)에 나오는 "버펄로 소녀들아, 오늘밤에 나오지 않을래?"를 변형.

고양이 밥

발목이 하얀 여자가
초승달 머리에 이고
고양이 밥을 준다
줄 것이 없어서
미안함도 한 그릇
달은 가만 웃고
고양이는 달그락
연민 없는 밤을 핥는다

그 여자의 꼬리

그녀의 고민은 꼬리뼈가 아닌 진짜 꼬리가 있다는 것이다
꼬리가 닿는 곳의 진통은 일종의 부록과 같아서
언제나 그녀의 뒤를 맹목적으로 따라다닌다
이를테면 인간의 수컷을 데리고 올라간 침대에서조차
꼬리는 꼬리라는 이유로 거절당하기 일쑤였다
이런 젠장 정말 꼬리가 있잖아
꼬리 치는 여자를 따라다니던 수컷들도
정작 꼬리 달린 여자를 보면 꼬리를 내리고 마는 꼬리 아픈 현실을
그녀는 매번 꼬리로 확인했다
종종 꼬리를 감추지 못해 낭패를 보았다
어느 날인가 술자리에서 꼬리가 휘어지도록 술을 마시고 일어서는데,
그만 치마 밖으로 그것이 쑥 튀어나왔다
꼬리로 인해 갑자기 술집은 술렁거렸고,
꼬리에 관한 소문은 꼬리에 꼬리를 물고 이어졌다
뭐 이런 꼬리곰탕 같은 경우가 다 있냐고 꼬리를 곧추세울 수도 없었다
꼬리에 대해 변명하는 것조차 꼬리를 더 비참하게 만드는 꼴이었다
도대체 있는 꼬리를 없다고 할 수도 없고
멀쩡하게 달린 꼬리를 잘라낼 수도 없으니
밤마다 여자는 고양이처럼 돌아앉아 꼬리만 쓰다듬어보

는 것이다

슬리퍼

~~우리는 캄캄한 슬리퍼
아니라고 말하는 저녁에
혼자 우는 슬리퍼~~

얼어붙은 입을 간신히 열고 너는 슬리퍼, 라고 말한다
이건 우연도 아니고, 더욱 악몽도 아니다
추워서 입을 뗄 수 없는 현실
걸어서 다리가 아픈 저녁
슬리퍼의 주인과는 무관하게
느닷없이 사라진 골목과 발자국의 홀연함
둥둥 떠서 어디론가 가버린 무중력의 단서들
그것은 분명 구두나 운동화가 아닌 슬리퍼라는 것이고
슬리퍼가 내다버린 어떤 고백인 것이다
슬리퍼를 벗어던진 맨발은 이쯤에서 갑자기 증발해버린 듯
불 꺼진 얼굴만 눈가에 나뒹구는 것이다
슬리퍼를 신고 여기까지 마중했거나
슬리퍼를 팽개치고 도망한
이따위 슬리퍼처럼 뒹굴어도 상관없는
이미 식어버린 입술과 바람은 골목에 그득하다
차가움이 더 차가워서 얼음이 되는 날들을
어떤 지루한 눈은 목격했을 것이다
정지된 창문 사이로 원망 없이 떠난 연애들
미안하거나 불결했던 망령들은

담배 연기를 날리며 사라진다
골목에는 어느덧 슬리퍼에 흥미도 없는 아이들이
슬리퍼를 툭툭 차며 논다
그것은 버려진 슬리퍼에 대한 예의처럼 가볍게 기억을 밀어낸다
질질 슬리퍼 끌리는 밑바닥을 끌고 너는
한 켤레 슬리퍼를 중얼거린다

~~우리는 캄캄한 슬리퍼
아니라고 말하는 저녁에
혼자 우는 슬리퍼~~

로드킬

그냥 길이 되는 거다
고양이처럼 고양이처럼
죽으면 납작해지는 거다
그 납작함이 만화에서처럼 부풀어오르진 않을 거다
어떤 나뭇잎은 나를 흔들어보겠지
일어나세요, 길바닥에서 이렇게 납작하게 주무시면 안 돼요
죽은 뒤에도 안 되는 게 있을 거다
말랑한 것들은 구멍에서 흘러나와 딱딱하게 굳어가겠지
피우지 못한 담배 생각이 간절하겠지
집에 두고 온 기억은 화분처럼 말라가겠지
죽으면 그만인 거다
고양이처럼 야옹 소리도 없이 가는 거다
입술은 문득 구름을 중얼거리겠지
걱정은 뒤에서 오겠지
오지 않아도 상관없겠지
가지 못한 속도가 무게를 앞지르겠지
공기의 끝은 향기롭겠지
고양이처럼 고양이처럼 새근새근 잠드는 거다
뒤늦게 빨간불이 켜지겠지
정거장의 봄날은 환장하겠지

퇴폐적인 사내

비린 비가 내린다
오늘은 내일처럼 아프고
퇴폐적인 사내는
한 움큼 화분 속에 시든다
그녀의 무릎에 앉았다 간 음모가
빈 구석마다 잘게 스민다
혓바닥으로 감아올린 질병처럼
그것은 홍건해진다
빗방울은 밤새 진동한다
타락한 버드나무를 열고 나가면
불 꺼진 심장이 가지런하다
한 그루 사내와 한 잎의 여자가 누웠던 벼랑 끝에서
여름은 온다
앙상한 흑백의 밤이고
당신의 음악이 끝나면
괄호 속의 외마디 비명을 지운다

당신의 로맹 가리

창문은 작고 당신은 백 년도 더 살았다
간밤에 로맹 가리, 지나간 페이지를 넘기며
그녀는 두 번이나 돌아본다
두꺼운 기억이 침대를 망가뜨렸다는 사실을
망각했다 그리운 것은
로맹 가리가 아닌 미안한 입술에 있다
그건 슬픈 게 아니라 아픈 거야
라고 말하는 남자가 물고기처럼 담배를 문다
그러니까 로맹 가리는 없어
없는 인연에게 밑줄을 긋고 있는 거라고
우리에겐 지친 새들과 페루와 죽음뿐이지
쿵쿵거리며 고약한 음악이 흘러다니는 곳
다만 고백을 하기 위해 국경을 넘은
당신의 고요함은 언제나 웅크려 있다
눈 속에 걸린 노란 달
지붕은 낮고 사내는 백 년쯤 더 기다린다

없는 당신

없는 당신을 위해 시동을 끄고
일곱시 삼십오분 고속버스는 일 분간 더 기다린다
라일락은 저녁에 피어서 아침까지 환하다
웃지 않는 목요일이고
어떤 연민은 의자에 줄곧 앉았다 간다
어김없이 나는 빵가게에 들러 바게트를 사고
안개 자욱한 천변에서 발자국을 본다
막다른 길마다 웅크린 것들
흐릿해진 고양이는 모퉁이를 핥으며 잠깐 운다
없는 당신을 위해 겨우 나는 모자를 벗고
희미한 인생에 밑줄을 긋는다
손목에 흘러내린 붉은 무늬와 약간의 눈물
그렇지만 그렇지 않은 것들을 위해
언덕의 떡갈나무는 자꾸 안녕이라고 말한다

3부
코펜하겐

코펜하겐

차라리 코펜하겐으로 와요
견딜 수 없는 돛단배를 끌고 와도 좋아요
항만의 다락방은 달그락거리고
수위를 한결 낮추면 어느덧
이유도 없이 아홉시예요
망각은 조금씩 사라지는 휘발유 같은 것
누구나 몽상을 곁들인 고통을 앓죠
아무튼 처음부터, 라는 고백은
단정한 저녁을 망치기 십상이에요
코펜하겐식으로 말하자면
당신은 몇 번이나 가라앉은 외로움이에요
부푼 인생을 납작하게 만든 건 시간이 아니에요
더욱 유령이나 우연도 아니죠
날마다 악몽은 머리맡에 수북이 쌓여 있어요
차라리 코펜하겐으로 와요
여기선 럼주에 취해 잠드는 것도 괜찮아요
입술에 묻은 등고선을 닦으며
당신은 황혼의 1부를 기다리는 거예요
밖에는 결정이 더딘 눈이 내리고
사뿐사뿐 그리운 램프를 문질러요
언제까지 우리는
도착하지 않은 귀가 말랑한 소년 속에 살죠
코펜하겐식으로 말하자면

구름과 티스푼만 있으면 그런대로 아침은 간단해요
화분에 옮겨 심은 창문마다
달밤은 도지고 발자국은 부풀어요

만달고비*

언젠가 낙타로 시작해 사막으로 끝나는 시를 쓰고 싶었다
발목이 허락한다면,
한 번쯤 고비를 만나 황홀한 황혼을 넘어갈 생각이었다
그러나 생각만으로는 사막을 넘지 못한다
칭기즈칸 보드카 한 잔에
고비 담배 한 대를 맛있게 피운다
사각형 사막 그림에 고딕으로 GOBI라고 쓴
담배갑을 열면,
바람이 모래를 켜는 소리가 들려온다
만달고비는 고비의 만달라
비로소 사막이 열리고, 적막이 펼쳐지는 곳
밤이 깊어 마두금 소리도 들리지 않는데,
누군가 만달만달 하면서
다 늦은 낙타의 고삐를 노란 달에 내다 건다
누군가 우물을 당기듯
서걱이는 귓가의 고비를 끌어올린다
호텔 만달라 204호 간이침대에 곱사연어처럼 누워서
드디어 사막이 시작되는군, 이라고
나는 희박하게 중얼거린다
한바탕 모래 일가(一家)가 지나간 아침에
결혼식 하객처럼 정성껏 수염을 깎고
코를 바짝 땅에 붙인 채 오래오래 모래 냄새를 맡는다
만달고비는 고비의 만달라

길이 다한 낙타가 모래로 돌아가는 곳
식전부터 마음은 고비에 가 있는데,
이미 오래된 라마 문장처럼 늘어져버린 길
저만치 호텔 만달라를 싣고 흘러가버린 은하
초승달과 바람과 염소떼가 하염없이 나부끼는
모래의 국경을 나는 만달만달 넘어가겠네

* 남고비 가는 길목에 자리한 도시.

호텔 만달라

믿을 수 없지만 만달고비에 사는 낚시꾼이 고비를 설계했다는군 만달고비에서는 비밀리에 모래를 실어나르는 운전수들이 호텔 만달라에 투숙한다는 거야 만달라 204호 간이침대에 모래가 수북하대 인부들이 잠들면 모래들끼리 끌어안고 부딪치며 노래를 부를 정도지 이 모래의 기억은 고비에 고래가 살았던 오래된 시절로 거슬러올라가 아무래도 고래가 부드럽게 모래톱을 쓰다듬던 시절이 모래들은 그리운 게야 하지만 모든 모래의 미래가 사막이 되지는 않아 더더욱 만달고비에서는 낚시꾼의 허락이 없으면 고비의 모래 일가(一家)가 되기도 힘들어 그는 고비에 흩어진 모래알 같은 음악들을 3000투그리크씩에 팔아서 담배를 사오곤 하지 때때로 황야의 도서관에서 빌려온 공자와 카프카도 읽는다는군 그가 옮겨 적은 부조리한 도덕은 거기서 왔다는 거야 쓰러진 낙타로는 비누를 빚고, 낙타의 털로는 기타줄을 만들어 노래한다네 *~~만달고비 만달고비 사막은 이미 시작되었네~~*로 시작하는 노래는 너무나 유명해서 낙타까지 따라 부를 정도야 도대체 그 낚시꾼이 어디에서 왔는지는 밝혀진 바가 없어 누군가는 그가 별똥별과 함께 떨어졌다 하고, 누군가는 모래폭풍이 데려왔다고 하지만 정작 그는 모래언덕만큼이나 과묵해 누군가는 그가 잡은 일생의 물고기가 모두 고비에 묻혀 있다고도 말하지 고비의 바람이 비릿한 건 그 때문이라고 분명한 건 그가 호텔 만달라의 지배인이라는 사실이고 밤마다 가루약 같은 모래알 한 움큼씩을 복용한다는 거야 그러나 괘념치는 말게 누구에게나 고비는 가득한 거니까 여전히 고비로 가는 운전수들은 호텔 만달라의 단골이고 204호 간이침대에는 점점 더 모래가 수북할 테니까

고비의 사내

애당초 그것은 사막에 쓴 글씨 같은 것이다
그립다는 숨결조차
헐거운 말발굽이 휘젓고 간 흙먼지 같은 것
바람의 뼈는 만질 수가 없고
모래의 음악은 들을 수가 없다
나는 언제나 떠나고 있지만
떠나면서 거듭 뒤돌아볼 것이지만
황혼의 궁륭엔 어느덧 유혈이 낭자하고
비린 적막 속에서 나는
가늘고 기약 없는 눈동자에 번지는 푸른 달을 보리라
고비고비 웅크리고 주저앉은
그것은 애당초 오지 않을 빗방울 같은 것이었다
외계로 떨어진 한 사내의 발자국 같은 것
간단하게 나뒹구는 길의 껍질 같은 것
거기서 낙타는 낙타만한 고통을 지고
물고기는 물고기만한 슬픔을 안고 사는 법이다
그러니까 어떤 인연이 운명이 되는 통속적인 믿음은
초원에 버려진 한숨 같은 것이다
너무 멀어서 멀어져버린
벅찬 간격이고 간극이며
불분명한 언덕이고 세월인 것이다.
그럼에도 그것은 자꾸 귓가에 서걱이고
이따금 눈가에 맺힌다

분명하게도 나는 지금 너무나 흐릿하고
입 다문 고비의 잔별을 가엾게 본다

마두에서 알타이 가는 법

마두역을 열두 바퀴 돌면 알타이 아이막이다 이건 내가 알타이를 여행할 때 써먹는 수법인데, 반드시 캔자스의 〈더스트 인 더 윈드〉가 나오는 리시버를 왼쪽 귀에 꽂고 있어야 한다 오른쪽은 위험하고 낭떠러지다 꼭 기억해둘 것은 구형의 노턴 500cc 포데로사가 필요하다는 것, 거기에 걸터앉아 텡게르*, 텡게르 두 번을 외치면 부웅, 하고 동체가 프로펠러처럼 알타이 언덕으로 날아간다 그러나 텡게르를 한 번만 부르면 사법연수원으로 떨어지고, 텡게르를 한번 더 부르면 지구의 끝으로 곤두박질친다 몸은 가벼울수록 좋다 이왕이면 심하게 다이어트를 한 뒤, 엘리엇이라도 읽으면 더 좋다 황무지는 알타이가 제격이고, 소리내어 샨티, 샨티, 샨티 부를 만하다 마지막으로 선글라스만 준비하면 완벽하다 선글라스가 없다면 안대를 착용해도 무방하다 어차피 당신이 보려는 것은 알타이에 없고, 당신에게 보이는 것은 건조한 환승역일 뿐이다 그러니 원치 않으면 당장이라도 등을 돌려 회전문을 빠져나가면 된다 이건 윤회가 아니라 회전이라는 사실을 명심하라 아, 또하나 있다 마두에서는 친절하게도 출근하지 않는 인생을 위해 오후 늦게야 알타이 국경을 개방한다 만일 아침 일찍 도착해 주문을 외다가는 파출소로 끌려가기 십상이다 마두에서는 게으를수록 알타이가 가깝다 어차피 부지런한 넥타이는 알타이를 꿈꾸지 않는다 여긴 지평선이 아니라 3호선이고, 이번에 내리실 역은 늦은 기억력이다

* 하늘이란 뜻의 몽골어.

뼈의 노래

뼈를 묻겠다는 신념은 부질없죠
뼈만 남은 의지도 곤란해요
여긴 사막이거나 적막이고
광대무변한 지옥입니다
뼈의 기원 따위 개나 줘버려요
그것이 고비를 횡단해 왔는지
마포대교를 건너왔는지는 중요하지 않아요
다만 여기서 잔뼈가 굵은 내가
반쯤 풍화된 두개골의
이력이고 결말이라는 것
누군가는 청명한 달밤에
신촌을 배회하는 뼈 한 마리를 보았다 하고
누군가는 껍질이 얇은 뼈 한 마리와
뜨거운 밤을 보냈다고도 하죠
어차피 뼈 없는 말일 뿐이에요
눈 한번 깜박이고 나면
뼈의 노래는 사라지고 말죠
노래가 떠난 곳에 저렇게 뼈만 남아서
뼈아픈 후회만이 여태 삐걱입니다

미친 골목

한마디로 미친 골목이다. 알라신의 도움 없이는 아무도 이 골목을 빠져나갈 수 없다. 페스*에 온 이상 이 정도 각오는 해야 한다. 처음 온 여행자는 미아가 될 뿐이고, 당신 같은 어른도 예외 없다. 오후 세시의 아잔 소리를 따라가도 마찬가지다. 집들의 표정은 단호하고, 문 앞에 나온 여자들은 간단하다. 오랜 세월 연마한 웃음으로 물장수는 말한다. 내가 물통을 노새 등짝에 다 실을 때까지 당신은 거기서 기다려요. 아니면 이리 와서 고삐라도 좀 잡아주든가. 그쪽으로 가봐야 당신은 오늘밤 고양이와 노숙하게 될 거예요. 물장수의 충고는 대개 흑심이 없으므로 진심이다. 별들이 내려오는 시간이 되면 그는 한 잔에 5디르함을 받고 박하차를 판다. 아는 사람에겐 주머니에 몰래 넣고 온 초콜릿**도 건넨다. 미로는 저녁에 더 붐비는 법이어서 천 개의 골목은 새벽까지 뒤엉킨다. 누군가는 이곳을 알라신이 누설한 밀어라고 말한다. 누대로 예 살던 사람들이야 굳이 이곳을 벗어날 이유가 없다. 애면글면 무두질이나 하면서, 신발이나 꿰매면서 그냥 사는 거다. 외계에서 온 당신들만이 필사적으로 이곳을 벗어나려 한다. 오늘밤 숙박계를 쓰고 싶지 않다면, 저기 모자를 눌러쓴 소년을 따라가요. 뜨거운 손바닥으로 골목의 이마를 짚어보던 소년은 천연덕스럽게 다가와 인사를 한다. 제 이름은 모하메드예요. 흔한 이름이죠. 거리에 나가 모하메드라고 부르면 열에 다섯은 돌아보죠. 150디르함만 주면 당신을 왔던 곳으로 데려다줄게요. 난 어리지만 이 분야의 베테랑이죠. 난 길을 잃은 모든 이에게 공평하게 150디르함만 받아요. 소년은 박하차를 두 잔이나 마시고는 당신에게 손을 내민다. 당신을 위해 박하차 두 잔을 마셨으니, 140디르함만 받을 게요. 페스에서는 누구도 소년의 제안을 거절하지 못한다. 골판지 위에서 잠자던 고양이마저 소년을 따라나선다. 밤은 길고 아라베스크 별들은 이따금 하늘에 흩어진다.

* 세계에서 가장 크고 복잡한 9000여 개의 미로형 골목이 있는 모로코의 도시.
** 해시시의 은어.

푸른색의 고향

11월이 저물고 쉐프샤우엔*

푸른색 페인트가 벗겨진 골목에
조용히 번지는 아이들

새벽에 그것도 비가 내리는
계단마다 고양이 발자국

호텔 무니르(Mounir)에서 흘러나오는
박하 냄새

젤라바를 입은 베르베르인이
아무에게나 안부를 묻는
여기는 푸른색의 고향

염소의 뿔을 닮은 정류장

양탄자에 누워 종일 물담배나 피우고 싶은
외로움의 북쪽
해시시의 변두리

오래오래 걸음이 멈춘
당신의 입 다문 페이지

고개를 묻고 천천히
박하차나 한잔 할까요

주전자 속의 별

창문은 뜨겁고
발밑은 외롭죠

고양이는 울고
가만히 내려앉는 마을

* 모로코 북서부에 위치한 도시로, 마을과 골목 전체가 푸른색으로 칠해져 있다.

샤를루아의 말고기 푸줏간

샤를루아의 말고기 푸줏간에 대해 말하자면
방금 도착한 말부터 말해야 한다
말은 웅크린 사내를 뒤에 싣고
암스테르담에서 육로를 따라 이틀간 달려왔다
북해의 안개가 알스트의 종탑을 흔들었는지는 기억나지 않는다
다만 리에주 레오폴가 24번지 홍등가에서 한 시간쯤 머물다
성큼성큼 증발하는 저녁을 걸어왔을 뿐이다
하지만 사내의 뚱뚱한 기억 속엔
비틀어진 살코기 냄새만이 총총해서
난데없이 버려둔 칼을 쓰윽 슥 갈아대는 것이다
그 말이 어디서부터 왔는지에 대한 일말의 동정심도 없이
단칼에 말 모가지를 치고 사지를 자르고
사내는 오랜만에 샤를루아의 말고기 푸줏간을 열었다
때늦은 푸줏간엔 이제 말고기만 그득하고
말고기는 임자 없는 상의처럼 걸려서
말고기의 눈은 파랗게 번지는 별을 본다
손 다 씻은 사내가 말궁둥이 같은 아내의 엉덩이를 주무르고
말고기는 문틈으로 새어나오는 헉헉 이히잉거리는 소리를 들으며
얌전하게 기다렸다 말고기는 눕고 싶고

말고기는 시원한 말똥이라도 싸고 싶은데
사내는 혼자된 포유류의 괄약근 따위에는 관심도 없는 듯
잔뜩 고삐를 거머쥐고 허공만 후려 팬다
말고기가 걷어찬 시간이 푸줏간에 흥건했다
희망 없는 말발굽과 크고 보람 없는 눈동자가 홍등에 잠깐 어렸다
썹어서 아픈 턱관절이 오래된 낮잠을 되새김질하며
벅차게 끝나버린 빈 순간을 말고기는 말하지 않았다
되돌아온 사내가 쓰윽 슥
말고기가 사랑한 11월과 거죽을 벗겨낸 등뼈를 냉동고에 집어넣을 때
창밖에는 단지 전생을 앞질러서 겨울이 왔고
성혈처럼 뚝뚝 진눈깨비가 내렸다
말고기는 침착하고 말고기는 비릿하게 그리워서
말고기는 웅얼웅얼 순회 영사처럼 이제 외계를 떠돌 테지만
사내는 간단한 살코기와 분명한 저녁을 갈고리에 걸고
샤를루아의 말고기 푸줏간을 처음처럼 열고 있다

매달린 저녁

내 이름은 갱즈부르예요 폴부르드 씨, 퇴근은 했나요? 당신은 대서소에서 일한다는데, 대서소가 뭐하는 곳인지 잘 모르겠어요 당신이 이탈리아 광부의 아들인지, 마카오에서 온 밀매업자인지 따위는 중요하지 않아요 중요한 건 나를 얼마나 사랑하느냐예요 지난겨울 내가 창고를 찾았을 때, 당신은 나를 묶어놓고 담배를 피웠죠 묶지 않고 사랑할 수는 없었나요? 이따금 〈개를 문 사나이〉를 돌려보며 당신은 나를 매달고 또 춤을 췄어요 난 매달리는 건 질색이지만, 당신에게만큼은 끝까지 매달리고 싶었죠 딱 한 번 당신과 샤를루아로 사과스튜를 먹으러 갔는데, 맛이 별로였어요 우린 돌아오자마자 정어리 통조림으로 배를 채웠죠 지금 생각해도 그때가 가장 아팠고, 행복했어요 지금의 남편은 그저 평범한 편자공이에요 왜 있잖아요 말편자를 만드는, 오늘은 일곱 마리 말에 징을 박았어, 라고 남편은 내게 관심도 없는 말 얘기만 늘어놓죠 6주마다 말편자를 바꿔줘야 한다나요 갈아주든 말든 나하곤 상관없는 거잖아요 그는 결코 나를 매달거나 묶지 않아요 침대 밖에선 가끔 포트와인 따르는 소리가 콸콸콸 들려오곤 하죠 언젠가 남편은 말했죠 남자가 가장 위험한 순간은 말 뒤에 설 때와 여자 앞에 설 때라고, 아직도 남편의 마구간에는 건초가 수북하죠 벽난로는 따뜻하고, 말도 많아요 하지만 34번가는 언제나 죽은듯이 고요하죠 아무 일도 일어날 것 같지 않은 이런 적막이 나를 미치게 하죠 그래서 오늘 자크브렐역에 나갔던 거예요 바람이나 쐬려고, 거기서 나는 행잉하우스로 들어가는 당신을 보고 말았죠 잠시 난 폴부르드 씨 하고, 이름을 부를 뻔했어요 나도 모르게 꽉 다문 입술 사이로 신음이 새어나왔죠 내가 좀 말이 많았나요 당신은 아직도 내 이름조차 몰라요 내 이름은 갱즈부르, 정숙한 편자공의 아내, 이제 그만 창문 좀 닫아야겠어요 오늘은 참으로 온순한 밤이에요

시레토코*

진즉에 멸망한 가계를 바닷가까지 끌고 와선 기껏 모래에 묻는다
심해에 매달린 쿠릴열도의 슬픔 같은 것
연안은 깊어서 외로웠으므로
닳아버린 항문과 입술에 권한다—여긴
기약 없는 쇄빙선만 가득하고
간단한 유빙의 형식으로만 존재해
얇을수록 바다는 고향에서 멀어진다
사내가 열망한 건, 진실로 믿었던 것들의 허상일 뿐이다
용서할 수 없는 아버지란 족속들
당신이 바다에서 뭍으로 올라온 것부터가 잘못이다
유성이 버린 괴물을 해면질로 키운 건
찰나와 영겁의 숨가쁜 노동의 결과였다
강의 맨 꼭대기에는 아직 미라처럼 오그라든 어머니들이 산다
영원히 자라지 않는 아이들을 문지르며
달이 뜨면 한껏 입을 벌려 크엉크엉 짖는다
차고 맑은 온도를 감식하며 사내는 비린 혀를 내민다
여긴 분화구와 절벽과 우묵한 기억만이 충만하다
고독한 웅덩이마다 짓뭉개진 혈통이 보인다
지구의 끝까지 가자던 횡단열차의 플러그를 뽑고
마침내 사내는,
읽을수록 죽음에 가까워지는 동화를 쓴다

요약하자면 개마고원에서 연해주까지 걸어간 한 사냥꾼에 대한 미행이다
미궁에 빠진 발자국이거나
유목민의 헛된 리얼리즘 같은 것
여기서 밀항선을 타고 오호츠크해를 건너면 발해의 변방이고
거기서 차마고도로 가든, 시베리아로 가든
볼셰비키가 되든, 삼별초가 되든, 어디로, 어떻게 가든
약속한 연안에는 당도하지 못할 것이다
눈발은 퀭한 눈 속을 겨우내 떠다닐 것이다

* 일본의 최동북단에 위치한 반도. 아이누어로 '지구의 끝'이란 뜻이다.

바얀달라이*

그러니까 이건 사막에 떨어진 한 사내의 족적에 대한 부록이다
한없이 황야로 걸어가 희미한 모퉁이만 남은
와서는 안 될 곳에서 해서는 안 될 약속을 하고 만
그러니까 이건 비릿한 윤회에 관한 숨결이다
남고비 길가에서 만난 외계의 여자를 지극히 지구적으로 사랑한
가령 그는, 나의 임무는 떠나는 것이었다고 쓰지 못한 편지를
이제껏 가슴에 품고 다녔다
사막에서의 인연이란 바람 같은 것이어서
그가 여자를 매만질 때 모래만 한 움큼 손아귀를 빠져나갔다
시간은 창문과 같으니까, 그것은 지나가니까, 라고 사내는 중얼거렸다
이건 지나친 사내의 지나쳐버린 유목에 대한 기록이지만,
일그러진 아이들은 내내 말라붙은 웅덩이 속에서 자랐다
수없이 반복된 상처처럼 너무 많은 발굽이 맨발의 여자를 스쳐갔다
천둥을 동반한 전생 같은 건 기다리지도 않았어요,
애당초 난 당신 없는 미래에서 온 거예요
여자의 건조한 입김이 검푸른 낙타처럼 가릉거렸다
마음조차 통과할 수 없는 바늘구멍 같은 것,

드러누운 길은 언제나 움푹하고 무정했다
구름과 먼지뿐인, 한바탕 염소떼가 지나간 언덕에
예외 없이 사내는 늙어서 돌아갈 수 없는 발자국을 총총
사구에 묻었다

* 몽골 남고비에 위치한 도시.

4부

조캉사원의 기타리스트

경(經)을 먹는 개

경전은 맛있다
오래된 경전은 질겨서 더욱 맛있다
사원을 어슬렁거리던 개는 경을 물고 벌판으로 내달린다
이런 경은 하도 읽어서 너무 뻔하다는 듯
표지를 한 장 뜯어 맛을 본다
또 한 장 페이지를 넘겨 질경질경 씹는다
경전은 맛있다
맛있는 경전은 아무리 먹어도 배고프다
마침내 한 권의 경을 다 뜯어먹은 이빨에도
경이 잔뜩 끼어 있다
크엉크엉 짖을 때마다 경들이 운다
벌판을 울리는 한밤의 독경 소리
스님이 알면 경을 칠 일이지만,
엄연히 개는 경을 먹고
온 들판에 경을 싸고 다닌다
벌판의 모래 한 알, 햇빛 한줌에서도 경전 냄새가 난다
그것은 가끔 눈보라처럼 몰려가
설산에서 밤새 울기도 한다

조캉사원의 기타리스트

1원을 주고 잠예 소리를 듣는다
잠예는 육현금
튕길 때마다 향긋한 소리가 난다
세게 뜯으면 야크 우는 소리가 나고
살짝 튕기면 산양 우는 소리를 낸다
나이가 육십 줄은 되었을 기타리스트는
딱 1원어치만 들려준다
잠예 소리는 흔해서
공짜로도 얼마든지 들을 수 있지만,
아무도 그가 내는 소리를 흉내내지 못한다
히말라야를 건너온 요기마저
1원을 내고
흐느끼는 구름의 소리를 주문한다
구름의 소리는 어려워서 10원은 받아야 하지만
기타리스트는 언제나 1원만 받는다
1원만 있으면 얄룽 강물을 들을 수 있고
1원만 있으면 수미산 젖은 달을 볼 수 있다
하지만 천하의 악공도
가끔은 잠예를 믿지 못해
남몰래 혀끝으로 소리를 맛보곤 한다
줄이 다한 소리는 꿰맬 수가 없으므로
한 번씩 그는 사원을 등지고
헐거운 잠예의 심금을 어루만진다

가릉빈가(迦陵頻伽)

그는 매우 낡아서 귀퉁이가 떨어져나간 발목이거나 바람이 읽어주는 경전과 같았다 이를테면 이번 생이 몇 번째인지 알지 못하는 관계로 몇 번이나 죽었는지도 짐작할 수 없는

그가 읽어온 것들은 언제나 읽을 수 없는 것들뿐이었으므로 그의 한 가닥 구름과 음악과 엉망으로 구겨진 장화는 설산에서 조용히 미끄러졌다

지난여름엔 눈이 내렸고 겨울은 단순했다 적막이 다하면 갠지스까지 내려갔다가 외로움이 도지면 알타이 계곡에 머물렀다 아침에는 고된 입술로 얄팍한 보리수를 씹어먹다가 희미한 저녁에 수심 잠긴 강물을 끌고 부석사로 돌아왔다

누군가는 송전탑 위에서 우는 그를 본 적이 있다고 말한다 누군가는 그가 바람의 북쪽에 앉아서 인생의 서쪽을 추모한다고 했고, 누군가는 그가 초모랑마* 꼭대기에서 가장 깊은 바다의 환생을 유목한다고 했다 심지어는 그가 경을 먹는 개를 데리고 설해를 건넜다고도 말한다

어차피 그의 거주는 늘 공중에 떠서 허공을 부유한다 그러니까 그를 어떤 유령이나 망령이라 한들 상관없다 항간의 믿음이란 언제나 돌아다니며 으르렁거릴 뿐

수없이 죽은 사유는 수없이 살아온 비유에 묻힌다 그도 가끔은 다친 손가락에 옥도정기를 발라야 하는 지붕 없는 사내일 뿐 그에게는 울지 않으려고 실컷 운 뒤에 울지 않는 착한 고통만이 난만하다

* 티베트에서 부르는 에베레스트의 이름. '세계의 여신'이란 뜻을 지니고 있다.

야크호텔

달은 공중에 매달려 야크야크 운다
이런 날은 한 마리 야크가 되고 싶다
404호이거나 506호라도 상관없는
가장 높은 식탁에서 뒹굴며
어금니가 아플 때까지 풀 뜯어먹고 싶다
세상의 모든 풀이 거덜날 때까지
구름이 창문을 넘어와 다음 페이지를 넘길 때까지
풀만 뜯어먹다 그냥 저물고 싶다
저물어서 어두운 발목을 거느리고
해발 4800미터의 무표정한 침대들과 나란히 눕고 싶다
누워서 야크야크 하품하고 싶다
이번 생을 날아간 새가 물고기가 될 때까지
폭설과 함께 떠난 종업원이 노크할 때까지
꾸벅꾸벅 밀린 축생을 유목하고 싶다
세상의 모든 야크가 잠잠해질 때까지

치치쏘소!

이제는 타르초도 날리지 않는
망망한 언덕에서
라 쏘로! 치치쏘소!*
바람이 통속한 내 심경을 읽고 가는
자정 넘은 문밖에서
치치쏘소!
여긴 만년 설산보다 희박하고
야크도 원숭이도 없는데
치치쏘소!
담배만 훌쩍거리다가
오지 않는 강물만 뒤적이다가
치치쏘소!
지도에도 없는 하늘에도 없는
사원도 없고 깃발도 없는
치치쏘소!
이 적막과 두통과 흐릿한 저쪽과 고개 넘어
치치쏘소!
자꾸만 헐겁게 주저앉는
라 쏘로! 치치쏘소!

* 티베트인들이 신성한 장소에 걸어놓는 오색 깃발인 타르초를 향해 외치는 주문의 말. "신이여, 우리를 보살피소서!"라는 기원의 뜻이 담겨 있다.

티베트의 시간

티베트의 시간은
말과 야크가 걷는 속도로 흘러간다
남초에서 오는 구름이
잠깐 언덕에 쉬었다가
담숭의 구멍만한 약방 앞을 기웃거린다
누군가는 창탕고원에서 떠도는 강을 보았다 하고
누군가는 샤카의 사원에서 경을 먹는 개를 보았다 한다
쿤룬 너머엔 모래알을 씹어먹는 낙타가 있고
바이망 지나면 홀연히 나타났다 사라지는 호수도 있으니
티베트의 시간은
사원에 기댄 라마의 낮잠처럼 갸륵하고
설원을 건너는 나비떼처럼 흩어진다
란창강은 란창란창 휘어지고
얄룽강은 얄룽얄룽 흘러간다
초모랑마 넘어온 바람은
잠깐 계곡에 누웠다가
오체투지로 엎드린 곱향나무의 비탈을 본다
비루먹은 길 하나가 초승달을 향해
간신히 뻗어 있는

붐브그르*

붐브그르에서는 바람이 붐브그르 붐브그르 분다
해는 기울고
고비를 건너간 낙타는 바이드락 강변에서 운다
여기는 구름의 초원 모래의 변두리
늑대가 낳은 개들과 흙으로 빚은 염소가 사람보다 많고
나무 한 그루가 사막을 횡단하는 붐브그르다
외계를 떠돌던 뼈 한 마리도 평생을 살다 가는
소똥 난로가 전부인 모래 여인숙
지붕마다 시간은 야크 수염처럼 자라고
별똥별이 떼지어 날아다니는 밤이면
먼지 속에서 아이들은 붐브그르 붐브그르 뛰쳐나온다
여기는 맨발의 정거장 그림자의 휴게소
푸르공 한 대가 착한 지평선을 싣고 오는 붐브그르다

* 몽골 바얀홍고르 인근 사막과 초원 언저리에 자리한 마을.

곡성

곡성에는 모로 누운 자들의 저녁이 길다
마음이 다한 골목에서
한 마리 시인은 쭈그려앉아 담배 연기로 연신 새를 만들어 날린다
구도의 이치란 구원이 아니므로
어제 삼킨 문장을 기어이 전봇대 아래 토한다
이런 달밤엔 목련이 좋구나
우리 성급하게 죽지는 말자
꾸역꾸역 폐역으로 몰려드는 오랜 심연들
세상에는 기차 따위 오지 않는 역이 있고
모든 역을 내려놓고 담배나 피우는 인생도 있는 법이다
그토록 바람 부는 당신과
무관하게 오늘은 고독하고
돌연한 망령은 같은 방향으로 걸어와 나란히 눕는다
여긴 끝까지 슬픈 자들의 입김만이 가득해
불안은 언제나 입을 다물지
가만히 전생의 허약함을 앓는 봄밤에
이왕이면 우리 죽지 말고 멸망하자
희미하게 굴러온 별과
곡성곡성 흘러가는 강물이나 중얼거리며
우리 울지도 말고 낙화하자

수수꽃다리역

구름의 첫번째 수요일은
숨막힌 국도의 교차로에 권태롭게 앉아 있다
기껏 붉은 입술에서 흘러내린
기차의 바퀴 소리를 투덜거리며
우리 끝없는 수수꽃다리역으로 가요
망가진 표정이 겨우 지루한 혀를 내민다
안개나 바람이 속도를 감추는 곳으로 가요
하품이 길게 누운 해변이거나
자발적 실종자의 게스트하우스
뾰족하고 모난 것들의 이마가 쾅 콰앙 노크하는
이끼의 욕조와 싸구려 마사지 클럽이 착하게 뒤섞인
심심해서 죽어버릴 것만 같은 휴게소에서 우리 만나요
죽을 때까지 걸어가도 죽지 않는 사막
시간 없는 숲에서 천천히 저녁을 먹어요
한 개의 달이 천 개의 강을 집어삼키는
월인천강의 매표소에서
물고기처럼 우리 국경을 넘어요
무거운 엉덩이는 그냥 의자에 두고
우리 끝없는 수수꽃다리역으로 가요

귀룽나무 자서전

귀룽나무 자서전은 야위고
귀퉁이가 반쯤 닳았다
수색에서 기차 탄 사내가 여러 번 산수국 정거장에 내린다
저녁이 깊어진다는 건 이상한 일이다
자꾸만 깊어서 뿌리 끝까지 강물 소리가 번질 때면
귀룽귀룽 어디선가 잎 아픈 소리가 난다
나무가 죽어서 물고기가 되는 환생은 가혹할 뿐이다
귀룽나무 껍질처럼 벗겨진 한 그루의 사내도
모래알처럼 공중에 뿌려진 새떼를 본다
세상에는 자서전을 써야 하는 나무가 있고
자서전을 쓸 수 없는 사내가 있다
누구에게나 구름 한 장 덮고 자던 시절은
소나기처럼 지나가버린다
아무리 서둘러도 늦어버린 저녁이 있고
늦어서 가지 못하는 정거장이 있다
한 잎의 세월이 한 척의 배가 되지 못하는 운명은
한 움큼 꽃으로 진다
초승달 경전을 오래 창가에 올려놓아도
뿌리깊은 화근(花根)을 달랠 수가 없다
귀룽귀룽 귓가에 바람은 분분한데
정처 없는 사내가 앉았다 간 여인숙에
신발을 들여놓고 우는 귀룽나무의 밤은 길다

한 그루 사내

팽나무 전화벨 소리가 만(灣)에 그득하다
파도민박까지 붉은 달이 켜지면
빈약한 사내가 한 그루
바다로 돌아온다
수심까지 늘어뜨린 가지는 읽을 수가 없다
모래알 같은 여행이었어
사내는 철썩이고
산란기에 접어든 여자는
한물간 바다를 받아 적는다
사는 게 너무 얄팍해서
꽉 다문 아가미로 내는 파도 소리
등 푸른 창문은 좀처럼 닫히지 않고
선창까지 뻗어나간 발자국만 자꾸
허방에 빠진다

상관없음

한때 좀 놀았었지
산천을 떠돌았고
연애도 좀 했었지
시를 쓰긴 했지만
열정이 부족했고
투쟁도 했었지만
뒤에서 어슬렁거렸지
그래, 그렇게 살았고
이렇게 늙어가고 있지

치자나무 詩

강가의 치자나무가 시경(詩經)처럼 늘어진
내일은 비릿한 지붕 너머로 겨울이 올 거야
손을 씻기 전에 얼른 시를 써야지
치자나무 두 그루를 드릴게요, 로 시작하는
〈부에나 비스타 소셜 클럽〉의 그리운 아바나 같은 것
지족 해변에 시든 장화를 걸쳐놓고
팔레스타인 키파파니* 씨에게 보내는
3월의 꿈틀거리는 다알리아
일어나서는 안 될 일들이 기어이 일어나고야 마는
이 비틀거리는 저녁에
타앙 소리와 총총 국경을 넘어가는 발자국으로 끝난
취한 말들을 위한 시를 쓰고 자야지
입 벌린 명태처럼 아아 아픈
목소리를 닫아걸고
뿌리까지 번지는 치자나무 입김 같은
담배 연기에 취해서 오늘은
무럭무럭 시를 써야지

* 대학로에서 만난 팔레스타인 시인.

내가 소년이었을 무렵

바람을 날리며 너는 약간 부풀었고
강변에서 한 뼘씩 자랐다
극심한 나무와 실패한 사정들
불가피한 낭독이 흘러
어느새 발목이 젖었다
갈 수 있으면 가
아득하게 멈출 수 없었고
마음이 가고 마음이 식었다
유역을 돌아 차부에 이를 때까지
소매마다 덕지덕지 목련이 묻어 있었다
차라리 성냥이나 사서 돌아갈걸
시력이 망가진 문장 사이로
돌이킬 수 없는 겨울이 떠다녔다
분명한 저녁인데
어머니는 순전히 지붕에서 울었다
먼 이마를 스치는 구름 한 마리
외롭게 지나간 입술
손금에 칼을 그으며 이별을 외던
소년은 마침내 약한 곳으로 떠났다
돌아오지 말자고 돌아보지 않았다
오래된 봄이었고
파랗게 등이 휜 주점에 너는 앉아 있었다
이따금 세찬 사투리에 섞여 동백이 졌다

해설

자신의 속도로 흐르는 인생, 묘생, 그리고 여행

김동원(문학평론가)

1

우리는 빠르고 편한 세상에 살고 있다. 그 속도의 세상을 가장 피부 가까이 체감할 수 있는 것은 인터넷과 휴대전화의 세계이다. 가령 이용한의 첫 시집과 두번째 시집에 관심이 있다면 이제는 옛날처럼 중고서점을 뒤질 필요가 없다. 사실 중고서점을 뒤진다고 해도 두 시집을 손에 넣기는 쉽지가 않다. 두 시집이 중고서점에 나와 있을 가능성이 크지 않기 때문이다. 하지만 인터넷에선 온라인 서점에 들어가 두 시집을 전자책의 형태로 구입할 수 있다. 시집은 나의 휴대전화로 곧바로 전송된다. 전송된 시집은 하나의 부피도 더하지 않은 채 내 휴대전화 속으로 자리한다. 나는 심지어 불을 끄고 잠자리에 들었을 때도 전송된 시집을 읽을 수가 있다. 종이책과 달리 전자책 스스로 환하게 빛을 발한다. 전자책의 세상에선 품절도 있을 수가 없다. 빠르고 편한 세상이다.

그러나 이 빠르고 편한 세상은 동시에 마음을 불편하게 만든다. 마음의 불편은 어디에서 오는 것일까. 그것은 이 세상이 사실 기계의 세상이란 것에서 온다. 책이 인간 세상의 것일 때는 서점을 찾아가 책을 찾고 직원이나 주인에게 내밀면 계산을 해주었다. 찾기 어려우면 물어보면 된다. 대형서점이라면 찾는 동안 많은 사람들과 서점 안에 함께 있게 마련이다. 하지만 기계의 세상에선 어디에서도 사람을 만날 수가 없다. 우리의 편리하고 빠른 세상은 사람들을 제거해

버린다. 속도의 세상에는 나밖에는 사람이 없다.

온라인 서점을 통하여 곧바로 손안에 책을 쥘 수 있는 세상은 집안에 앉아서도 책을 살 수 있게 해주었지만 그렇게 책을 샀다고 하여 책을 읽는 속도까지 빨라지는 것은 아니다. 책을 읽는 속도는 언제나 일정하다. 속도의 측면에서 보면 책방을 찾아가 책을 찾고 구입하는 속도가 종이책을 읽는 속도에 부합할 것이다. 책을 구입하기 위해 바치는 긴 시간은 불편이 아니라 사실은 책을 읽는 속도에 맞추어진 속도일 수 있다. 그것에 비하면 전자책의 구입 속도와 읽는 속도는 극과 극으로 갈라선다. 속도의 이원화는 편리를 불편으로 만들 수 있다. 서점에서 종이책을 구입할 때의 불편하고 오랜 시간은, 읽을 때의 속도에 대한 예비 속도가 될 수 있다.

아울러 편리하고 빠른 속도의 세상은 이 속도의 세상에 적응하지 못하는 사람들을 만들어내고 그 사람들을 이 속도의 세상으로부터 낙오시킨다. 속도의 세상은 다른 속도를 가진 사람들과 공존하는 것이 아니라 사람들을 과거로 밀어내고 낙오자의 꼬리표를 붙이려 든다. 시대가 빠른 속도로 한 시대를 과거로 밀어내는 세상을 이용한도 체감한 듯하다. 이번 세번째 시집 『낮에는 낮잠 밤에는 산책』에 실린 「날조된 측면」에서 "이를테면 1968년의 봄은 희미해져간다"고 말하고 있기 때문이다. 1968년은 그가 태어난 해이다.(주민등록상에는 1969년으로 되어 있다.) 그때 이후로 그가 태어났을 때는 세상에 있지도 않았던 수많은 것이 생겨났다. 컴퓨터와 인터넷도 그중 하나이다. 그때는 휴대전화도 없었다. 그가 알고 있으나 사라진 것들도 많을 것이다. 그렇게 짧은 기간 동안 세상은 급격한 변화를 겪었다. 1968년은 그렇게 멀지 않은 시기이지만 세상의 빠른 변화를 생각하면 그 시절은 이제 아득하다.

자신의 세번째 시집에서 이용한은 속도의 세상을 추수하지 않는다. 아니, 속도의 세상을 역행한다. 물론 그 역행이 이용한만의 시세계를 만든다. 그 역행의 길을 따라간 나는 그의 속도로 흐르고 있는 인생과 묘생, 그리고 그의 여행을 만났다.

2

가장 먼저 그의 인생을 살펴본다. 나이 서른을 두 해 앞두고 1996년에 펴낸 첫 시집 『정신은 아프다』에서 그는 "삶은 상처 받고 가는 길이다"라고 했다. 그 상처는 "그동안 내가 사랑했던 사람은 아무도/ 내 곁에 있지 않다/ 어머니가 그랬고 첫사랑이 그랬고/ 내 그리운 친구마저 먼저 생(生)을 버렸다"(「아름다운 상처」)는 상실에서 오고 있었다. 그 상실이 가져온 것은 "사는 것이 무섭다 사랑하는 일도 겁난다"(「무지몽매한 날들」)는 삶에 대한 두려움이었다. 마흔을 두 해 앞두고 2006년에 펴낸 『안녕, 후두둑 씨』에서도 삶에 대한 이러한 의식은 크게 변하지 않았다. 그때의 시집 속에서 그는 "누구도/ 죽을 때까지는 살아야 하는 저주를 뿌리칠 수가 없다"(「등 푸른 자전거」)고 말했으며, 그때 삶은 저주가 되어 있었다. 또 그는 "어느덧 나는 절반의 인생을 건너왔다"고 자신을 돌아보면서 그 삶을 "절반의 죽음에 다름 아닌"(「연어, 7번 국도」) 것이라고 말했다. 그는 자신의 삶을 "나는 망했다"(「나무아미—정선」)로 요약해놓고 있었다.

첫 시집을 생각하면 이십 년이 넘는 세월이, 두번째 시집을 생각하면 십 년 넘는 세월이 다시 흘렀다. 그의 삶은 변했을까.

두 가지 변화가 눈에 띈다. 하나는 그가 결혼했다는 사실이다. "도망가지도 못하는 아내가 던지고 간/ 작고 하얀 알약"이란 구절이 그것을 짐작하게 한다. "요컨대 내가 아버지라는 게 가장 무서워요"라는 구절은 그에게 아이가 생겼다는 것을 짐작하게 한다. 결혼과 아이의 출생은 큰 변화일 수 있지만 시 속에서 삶에 대한 입장은 표면상으로 보면 큰 변화가 없어 보인다.

시인은 "웃는 표정을 걸어놓고 나는 울었다"고 했다. 웃고 있었으나 속으로는 울고 있었다는 얘기가 된다. 울음마저 안으로 삼켜야 했던 삶이기도 하다. 시인은 "보세요, 여기가 이미 바닥이에요"라고 말하면서 "뛰어내릴 수도 없는 반지하 창문" 앞에 서 있다. 반지하의 삶은 그에게 죽고 싶어도 뛰어내릴 수도 없는 삶이다. 삶에 대한 회의가 등을 밀어도 바깥으로 뛰어내리고 싶은 한순간의 충동에 몸을 맡기는 것조차 허락되지 않는 삶이다. 세상에는 바닥보다 더 낮은 바닥이 있었고 시인은 그 자리에 서 있었다. 그곳의 삶을 시인은 "불면을 건너면 불안"이 기다리는 삶이었다고 전한다. 어김없이 도래하는 내일에도 불구하고 그런 삶에선 미래를 말하기 어려울 것이다. 그 때문인지 시인은 "가능성이란/ 불가능한 광년 너머에나 있는 것"이라며 "보세요, 어디서 왔는지도 모르는 구름이/ 방안에 가득해요"라고 말한다. 구름은 때로는 가벼운 우리의 마음을 얹어두는 곳이기도 하나 여기선 흐림의 다른 말이다. 시인의 삶은 흐림이다. 그리하여 한때 '상처'였고, 또 '죽음'이기도 했던 삶을 시인은 이렇게 말하고 있다.

죽고 싶은 것과 살고 싶지 않은 것은 달라요
둘 사이의 공백을 견디는 게 삶이죠

—「불안들」 부분

대개의 사람들에게 죽고 싶다는 것은 곧 살고 싶지 않다는 것이다. 그 둘은 잘 구별되지 않는다. 그러나 이용한은 그 둘이 다르다고 했다. 아마도 삶을 죽음의 경계 바로 곁에 세워두었던 사람들만 알 수 있는 미세한 차이일 것이다. 미세한 차이는 경험이 없는 사람들은 알기가 어렵다. 미세한 차이의 공백은 그렇게 크지 않다. 그 작은 공백을 견디는 것이 삶이라고 했으니 사실 둘은 어느 경우에나 모두 견디기 어려운 삶이었을 것이다.

이용한이 울음을 말할 때면 그 울음은 슬픔이라기보다 서러움에 가까워 보인다. 그는 서러움을 삼키면서 사는 삶을 암시했지만 때로 임계점을 넘기면 울음을 참기가 어렵다.

> 창문을 열고 겨우 바깥을 넘겨보지 슬플 땐 책장을 넘기는 것조차 슬픈 일이야 수도꼭지를 잠그다가도 울음이 쏟아지지
>
> *나는 그 무언가를 위해 이곳에 오지도 않았고*
> *달아나려고 과속하지도 않았는데,*
> *아직도 말뚝에 매인 염소처럼 울고 있어요*
> *죽고 싶은 순간에도 삶은 계속되고 있죠*
>
> —「고백」 부분

죽고 싶은 순간에도 계속되는 삶이라면 그 삶은 삶이라기보다 죽음에 가까워진다. 어떤 연유로 삶은 이렇게까지 내몰린 것일까. 이용한은 그의 삶을 몇 개의 짧은 구절에 요약해놓고 있다. 먼저 그는 자신이 "모든 삶의…… 과거인 살았다를 횡단하며 살았다"고 말하고 있다. 속도의 세상은 앞으로 치닫는다. 하지만 그가 "과거인 살았다를 횡단하며 살았다"고 했으니 속도의 세상이 향하는 방향을 역행한 것

이다. 아울러 그는 "귀거래의 추억은 피치 못할 피난일 따름이다"라고 말하고 있다. 귀거래가 고향으로 돌아가는 것을 뜻하니 그도 고향으로 돌아간 적도 있었다는 것을 짐작할 수 있다. 대체로 고향은 상처 난 영혼의 치유처로 기능한다. 하지만 그에게선 고향도 일시적 도피처로 기능하는데 그친 듯하다.

이용한이 자신의 삶을 말할 때 등장하는 또하나의 어구는 "무중력상태"(「날조된 측면」)다. 무중력상태에선 발 디딜 곳을 찾을 수가 없다. 몸이 공중에 뜬 상태이기 때문이다. 마치 허공을 딛고 살아가는 듯했던 것이 그의 삶이었던 셈이다. 나는 그 삶을 어디에도 기댈 곳이 없는 삶으로 이해했다.

속도는 빠른 발전을 가져다주지만 발전이 빠르다보면 발전에서 인간이 배제되는 부작용이 발생한다. 눈부신 경제발전에서 무시되었던 노동자의 권리를 생각하면 되겠다. 그러니 속도를 따라가지 않고 과거를 오간 속도의 역행은 충분히 이해할 수 있다. 다만 그렇게 살면 삶이 힘겨워진다. 기댈 곳도 없고, 돌아갈 곳도 없으면 더더욱 힘겨워진다. 이럴 때는 어떻게 해야 하는 것일까. 답을 찾기가 어려운 상황이다. 이러한 상황에서 이용한이 택한 길은 그와 똑같이 힘겨운 삶을 살고 있거나 절망하고 있는 사람, 또는 아픈 사람의 곁에 서는 것이었다.

가령 아이를 키우면서 혼자 사는 여자도 그런 사람 중의 하나이다. 혼자 사는 여자는 기댈 곳이 없다. 그 기댈 곳 없는 삶은 시인과 비슷하다. 무중력상태를 산 시인과 마찬가지로 그 여자의 삶도 "오래된 허공을 걸"으며 기댈 곳이 없이 살아온 삶이다. 때문에 여자에게 "저녁은 발목이 아픈 여자의 형식이 되"어버렸다. 여자는 "물이 새는 집에서" "몽키 스패너"를 들고 수도를 고치다가 물을 뒤집어쓴다. 시인은 그것을 "입술에서 발목까지 흘러내린 악몽"이라고 적는다. 온몸에 물을 뒤집어쓴 것으로 보인다. 그런 일을 겪으면 삶이 서글퍼진다. 그러나 삶은 어떻게 살아도 삶이다. 인생은 화려하고 성공한 삶 속에만 있는 것이 아니다.

인생은 어디에나 있어요

—「한밤의 몽키 스패너」 부분

자신의 삶에선 죽고 싶었던 순간이 되었을 수 있었던 순간이지만 시인은 그 순간에 여자의 삶을 챙겨준다.

시인은 또 밤늦도록 술을 마시고 있는 한 사내의 곁을 지킨다. "고래의 밤은 깊고 사내는 심해에 잠겨 있다"고 한 것을 보면 사내는 밤늦도록 엄청나게 많은 술을 마시고 있는 중이다. 시인은 술을 마시고 있는 사내는 '고래'라고, 그 옆에서 그를 위로하는 사람은 '사내'라고 부른다. 사내라고 지칭된 것을 보면 남자이지만 "꿰맨 자국이 역력한 원피스 지퍼"의 옷을 언급한 것을 보면 여자이다. 아마도 여자였을 것이다. 그러나 고래를 위로하고 싶은 시인의 마음이 여자에게 겹쳐지면서 여자는 남자가 된다. 아마 "내게도 고래 심줄 같은 악연이 있었다"며 "사는 게 끝 간 데 없는 벼랑이었"고 "눈 한번 질끈 감으면 끝낼 수도 있었다"는 사연을 털어놓는, 그러면서 "조용히 돌아앉아 어깨를 들썩"이며 울음을 터뜨린 술 취한 남자에게 건네는 여자의 위로는 곧 시인의 마음이기도 했을 것이다. 또 그것이 여자가 사내가 된 연유이기도 할 것이다.

쓸쓸함이야 쌓이면 얼마나 쌓이겠냐고
바다면 어떻고 바닥이면 또 어떠냐고
밀물지는 고통과 썰물지는 세월이 만났으니
꽃처럼 흩어지고 물처럼 철썩거리며
우리 그렇게 밀려나서 살자고
사내의 언 손이 고래의 신음을 끌어안는다

—「고래의 밤」 부분

위로의 순간에는 바닥에 이른 삶 또한 삶이 된다.

이용한은 이번에는 아픈 사람의 곁에 서 있다. 그 삶은 "아침에 세 알, 저녁에 네 알"의 '알약'에 의지하지 않으면 잠을 잘 수 없는 불면의 삶이고 그렇게 불면을 앓다 약에 의지해 잠들면 "반쯤 죽은" 듯이 잠에 드는 삶이다. 그것은 "어쩔 수 없"는 삶이며, 그런 측면에서 아무런 대책이 없는 삶이고, 당사자도 그것을 알고 있다. 그러나 시인은 그 삶을 사랑한다.

너를 사랑하는 일은 애당초 마음이 다치고 몸이 젖는 일
이어서 나는 자꾸 뒤척이며 흘러갈 것이다 오늘따라 당신
이 말아주던 말간 국수가 먹고 싶었고, 유언처럼 손바닥
에 가지 마, 라고 적었다

—「가지 마」 부분

이용한에게 사랑이란 대책없는 삶을 그 삶에서 건져내는 것이 아니라 그 옆에서 뒤척이며 함께 흘러가는 것이다.

세상에는 불면의 삶이 있고 그 삶에게 "밤은 길다." 그러나 불면은 아울러 자는 모습을 들여다볼 수 있게 해준다. 불면의 시인은 자는 얼굴에 손을 뻗는다.

너의 불 꺼진 얼굴을 갸륵하게 만져본다

—「기억의 고집」 부분

불 꺼진 얼굴은 자고 있는 얼굴이다. 시인은 그 얼굴을 자고 있다고 말하지 않고 불 꺼진 얼굴이라고 말한다. 우리는 잘 지내는 사람을 두고 얼굴이 훤하다고 말한다. 불 꺼진 얼굴은 그 반대일 것이다. 고단한 삶을 살고 있는 사람의 얼굴이다. 불면은 소리 없는 연민의 순간이 된다.

놀라운 점은 이렇게 바닥으로 추락한 삶에 연민의 손을

내밀자 삶이 그 스스로 의미를 발하기 시작한다는 것이다.

> 삶이 별건가, 발바닥이 밑바닥을 훑고 가는 것
> 이건 가슴이 아니라 심장이 말하는 소리다
> —「아홉시의 랭보 씨」 부분

이용한은 "내가 사랑한 것은 12월의 어쩔 수 없는 목련이다"라고 고백한다. "12월"은 목련이 피는 시기가 아니다. 시기를 맞추지 못한 목련의 운명은 뻔하다. 그것에 마음을 내준 사랑도 같은 운명을 겪을 것이다. 이용한은 그러한 운명을 겪는 삶을 "발바닥이 밑바닥을 훑고 가는 것"이라고 말한다. 걷는 것이 아니라 훑고 간다고 했으니 발바닥은 밑바닥을 모두 감당할 것이다. 바닥을 훑고 가는 걸음은 발을 들고 험한 곳을 피해가지 않는다. 길이 자갈밭이라면 자갈밭의 험한 표면을 모두 감당하게 된다. 시인에겐 그렇게 하여 얻어지는 삶이 곧 삶이다. 시인은 이 얘기를 가슴이 아니라 심장에서 나오는 소리라고 한다. 심장은 뛰어서 생명을 관장한다. 사랑이 길의 밑바닥을 모두 감내하는 발바닥 같은 것이라면 그 사랑은 가슴의 사랑이 아니라 상대의 심장이 되어 상대의 생명을 내가 뛰는 것이다. 내가 살면 상대가 살고 상대가 살면 또 내가 산다.

그런데 이상한 일이 벌어진다. 무너진 삶이 무너진 삶의 곁에 서면 몰락의 속도가 가속될 것 같은데 오히려 그와 반대로 그 무너진 바닥의 삶이 무너지질 않는 것이다.

무럭무럭 무너진 인생에게
혐의 없이 밤이 온다

—「무관한 근황」 부분

무럭무럭이란 말은 피어오른다거나 자란다와 결합될 때 자연스럽다. 무럭무럭 무너질 수는 없다. 그러나 이용한은 이를 "무너진 인생"과 결합시키고 있다. 무럭무럭이 무너진 인생과 결합되어 있다는 것은 인생이 무너지면서 일어나고 있다는 뜻이 된다. 때문에 이러한 인식 속에선 삶이 일방적으로 무너지지 않는다. 무너지는 삶의 자리에선 동시에 삶이 계속 자라고 있다. 나는 이를 좀더 적극적으로 해석하여 세상에 무너진 인생은 없고 다만 속도에 저항하며 자신의 삶을 산 인생이 있을 뿐이라는 전언으로 받아들였다.

무너졌다는 것은 실패한 인생에 비유될 수 있을 것이다. 대개 사람들은 성공을 바란다. 실패를 바라는 사람은 없다. 하지만 우리가 말하는 성공이 과연 성공일까. 사회는 대기업에 취업하면 성공한 것으로 본다. 그 대기업에서 임원까지 오르면 더더욱 성공이다. 그러나 대기업의 임원이 하는 일이 언론사에 전화를 걸어 자신의 기업이 저지른 부정의 보도를 막는 일이고, 그것을 들어준 언론사의 취업 청탁을 들어주는 일이었다면 그것을 성공한 삶이라고 말할 수 있을까. 법관은 사회의 시각으로 보면 성공한 것이다. 대법관에 올랐다면 더더욱 성공한 것이다. 그러나 대법관이 된 자가 권력과 결탁하여 자기 이익을 꾀하는 데 재판을 이용했다면 그것을 성공한 삶으로 볼 수 있을까. 성공은 성공이 아니라 성공으로 날조되는 측면이 있다. 무너진 삶은 그러한 성공에 저항한다. 그런 점에서 무너진 삶은 무너진 자리에서 동시에 무럭무럭 피어나고 있으며, 아울러 무럭무럭 자라고 있다.

3

인생에 이어 묘생을 살펴보기로 한다. 우리는 인생을 살고 고양이는 묘생을 살며, 이용한에게 있어 묘생은 특별하다. 아무리 세상이 빠르게 변화를 추구해도 고양이에게 그 변화는 아무 의미가 없다. 고양이는 변함없이 묘생의 속도를 고집한다. 개가 늑대의 속도를 버리고 인간의 속도와 타협을 한 측면이 있는 데 반하여 고양이에겐 그러한 타협이 없다. 그 묘생의 속도를 조금 엿보면 다음과 같다.

평생 밖에서 떠도는 것도 나쁘지 않아요
낮에는 낮잠 밤에는 산책
골목은 갸륵하고 지붕은 달콤하죠

—「고양이 아가씨」 부분

"낮에는 낮잠 밤에는 산책"을 하는 고양이의 삶은 고양이의 속도로 사는 삶이다. 물론 고양이처럼 살 수는 없다. 하지만 고양이는 묘생의 시간 속에서 속도 경쟁의 시대를 살아가는 사람들이 겪는 삶의 피곤을 이완시켜준다.

시골의 한물간 다방에서 주인이 "물끄러미 연속극"을 보며 오지 않는 손님을 기다리는 삶 속에도 그 자리에 고양이를 한 마리를 가져다놓으면 시대의 변화에서 밀려난 삶이 얼마든지 감내가 된다. 아니 오히려 밀려난 삶의 속도가 묘생의 속도와 잘 어울린다.

참 이상하죠? 고장난 것들을 사랑한다는 건
물끄러미 연속극이나 보면서
바닥에 대한 믿음 하나로 그냥 살아요

—「불가능한 다방」 부분

시인의 고양이에 대한 사랑은 지극하다. 그 지극한 사랑은 고양이가 차에 치여 죽으면 그 죽음을 슬퍼하는 것이 아니라 고양이의 죽음 위에 자신의 죽음을 얹는 방식으로 나타난다. 그러면 고양이는 죽은 것이 아니라 그냥 길이 된다.

그냥 길이 되는 거다
고양이처럼 고양이처럼
죽으면 납작해지는 거다

—「로드킬」 부분

사랑이 궁극에 다다르면 죽음을 슬퍼하는 것이 아니라 죽음을 길로 삼을 수 있다. 그때면 고양이는 죽음마저도 온몸으로 껴안은 동물이 된다. 누구도 죽음을 껴안을 수는 없다. 그러나 고양이는 길의 죽음을 껴안고 길이 된다. 그리고 고양이의 죽음은 죽음 같은 삶도 그렇게 껴안을 수 있게 해준다.

4

이제 여행 얘기를 할 차례가 되었다. 이용한이 세상의 많은 곳을 여행했다는 것은 지명이나 숙소를 제목으로 삼고 있는 많은 시편들로 쉽게 확인이 된다. 그가 인생을 말할 때의 시 속에서 우리가 접한 현실을 생각하면 그 많은 여행이 이해되지 않을 수도 있다. 여행을 삶의 여유로 보는 입장에선 더더욱 그럴 여지가 크다. 여유 없는 삶에선 여행을 떠나는 것이 쉽지 않은 일이기 때문이다. 그러한 의구심의 앞에서 이용한의 여행에 대한 조언은 다음과 같은 형식을 취하고 있다.

떠나고 보니 문득 나는 떠나고 싶어졌다

—「아홉시의 랭보 씨」 부분

우리의 일반적 사고 속에선 대개 떠나고 싶은 마음이 먼저이며, 그 마음이 등을 밀어 여행이 시작된다. 즉 떠난다는 행위는 떠나고 싶다는 욕망의 결과이다. 그러나 이용한은 욕망과 행위의 순서를 뒤바꾼다. 그는 떠나는 행위를 앞세우고 욕망이 뒤를 따르게 한다. 아무 생각 없이 떠나면 그렇게 할 수 있다. 물론 어려운 일이다. 하지만 때로 우리는 욕망이 몸을 따라오게 만들 필요가 있다.

그렇게 하여 떠난 이용한의 여행은 우리가 흔히 생각하는 것과 달리 무엇인가 새로운 것을 보고 채우는 여정이 아니다. 그에게 여행이란 그곳의 속도를 발견하는 일이다. 우리가 잃어버린 것이기도 하다.

> 누군가 만달만달 하면서
> 다 늦은 낙타의 고삐를 노란 달에 내다 건다
>
> —「만달고비」 부분

만달고비는 고비 사막과 경계를 맞대고 있는 몽골의 도시이다. 사람들은 사막을 보러 가는 길에 이곳에 들르지만 시인이 이곳에서 본 것은 그곳만의 속도이다. 그곳의 속도는 만달만달 하고 흐르며 사람들의 움직임에 그대로 배어든다. 이는 여러 곳에서 반복된다.

> 달은 공중에 매달려 야크야크 운다

—「야크호텔」 부분

달은 어디서나 똑같지만 "해발 4800미터의" 야크호텔에선 야크야크 하고 운다. 그곳에 사는 동물의 울음이 달에 밴 결과이다. 이용한에게 여행의 가장 큰 미덕은 야크호텔에 머물 때 그곳에 사는 동물의 울음이 밴 달의 울음을 들을 수 있다는 것이며 잠시 그 야크의 속도 속에 머물 수 있다는 것이다.

이는 몽골의 붐브그르로 자리를 옮겨도 마찬가지이다. "붐브그르에서는 바람이 붐브그르 붐브그르" 불며, 그곳의 아이들도 같은 속도를 보여준다.

먼지 속에서 아이들은 붐브그르 붐브그르 뛰쳐나온다

—「붐브그르」 부분

붐브그르에 가면 바람이 그곳만의 속도를 갖는다. 그 속도는 자연의 속도이다. 인간을 채근하거나 경쟁으로 내몰지 않는다. 그리하여 시인은 깨닫게 된다. "티베트의 시간은/말과 야크가 걷는 속도로 흘러간다"는 것을.

티베트의 시간은
사원에 기댄 라마의 낮잠처럼 갸륵하고
설원을 건너는 나비떼처럼 흩어진다

란창강은 란창란창 휘어지고
얄룽강은 얄룽얄룽 흘러간다

—「티베트의 시간」 부분

멀리 여행지만의 얘기가 아니다. 여행지에서 그곳만의 속도를 체감하고 돌아오면 이 땅에서도 아직 자연이 자연의 속도를 버리지 않고 흘러간다.

가만히 전생의 허약함을 앓는 봄밤에
이왕이면 우리 죽지 말고 멸망하자
희미하게 굴러온 별과
곡성곡성 흘러가는 강물이나 중얼거리며
우리 울지도 말고 낙화하자

—「곡성」 부분

그리고 여행은 곧 그곳의 속도이기 때문에 속도를 맞추면 일산의 마두역에서 몽골의 서쪽에 위치하는 알타이 아이막으로 훌쩍 날아갈 수 있다. 방법은 다음과 같다.

마두역을 열두 바퀴 돌면 알타이 아이막이다 이건 내가 알타이를 여행할 때 써먹는 수법인데, 반드시 캔자스의 〈더스트 인 더 윈드〉가 나오는 리시버를 왼쪽 귀에 꽂고 있어야 한다 오른쪽은 위험하고 낭떠러지다 꼭 기억해둘 것은 구형의 노턴 500cc 포데로사가 필요하다는 것, 거기에 걸터앉아 텡게르, 텡게르 두 번을 외치면 부웅, 하고 동체가 프로펠러처럼 알타이 언덕으로 날아간다 그러나 텡게르를 한 번만 부르면 사법연수원으로 떨어지고, 텡게르를 한번 더 부르면 지구의 끝으로 곤두박질친다

—「마두에서 알타이 가는 법」 부분

마두역은 일산에 있는 한 전철역이다. 마두역에서 알타이 아이막을 갈 수는 없다. 그러나 마두역을 알타이 아이막의 속도로 거닐면 마두역이 알타이 아이막이 된다. 여행의 경험은 이곳에서 알타이 아이막의 속도로 걸을 수 있게 해주며, 그 속도로 걸으면 이곳과 저곳의 경계는 없어진다.

남들보다 앞서겠다는 경쟁의 욕망으로 속도를 살지 않고 세상의 모든 것이 가진 그것만의 속도를 살면 봄에 수수꽃다리가 꽃을 피울 때면 꽃이 있는 역이 역의 이름을 꽃에게 내주며, 그러면 그 역이 어디에 있든 그곳은 수수꽃다리역이 된다.

우리 끝없는 수수꽃다리역으로 가요
망가진 표정이 겨우 지루한 혀를 내민다
안개나 바람이 속도를 감추는 곳으로 가요
하품이 길게 누운 해변이거나
자발적 실종자의 게스트하우스

뾰족하고 모난 것들의 이마가 쾅 콰앙 노크하는
이끼의 욕조와 싸구려 마사지 클럽이 착하게 뒤섞인
심심해서 죽어버릴 것만 같은 휴게소에서 우리 만나요
—「수수꽃다리역」 부분

속도의 세상에 매여 살면 수수꽃다리가 피는 것도 모르고 계절을 지나가게 된다. 성공을 좇는 삶이 그렇게 되기 쉽다. 세상의 어떤 삶도 바쁘게 살기 위해 속도의 세상을 좇는 것은 아닐 것이다. 오히려 여유로운 삶을 살기 위해 사람들은 바쁘다. 그러나 속도의 세상을 벗어나려면 삶이라는 이름에 걸맞은 속도가 어떤 것인가를 먼저 물어야 할 것이다. 그리고 그 답이 여행에서 얻어질 수 있다. 여행을 멀리 잡을 필요도 없다. 수수꽃다리가 꽃을 피울 때 수수꽃다리가 있는 곳을 찾아가면 된다. 우리를 맞아주는 것은 꽃이지만 동시에 꽃의 속도이기도 하다. 꽃은 자신만의 속도로 우리가 너무 빠르게 달리면 계절을 지나치게 된다는 것을 알린다. 돌아올 때면 우리는 우리가 잃어버린 인간의 속도를 되찾게 될 것이다. 이용한이 세상을 여행하면서 얻은 것도 인간의 속도이다.

5

시집의 마지막 자리에서 우리는 '소년'을 만난다. 시인의 어린 시절이다. "유역을 돌아 차부에 이를 때까지/ 소매마다 덕지덕지 목련이 묻어 있었다"는 구절로 미루어 보면 강가를 따라 버스 터미널까지 걷기를 좋아했고, 목련꽃을 좋아했던 소년이었다는 짐작이 가능하다. "손금에 칼을 그으며 이별을 외던/ 소년은 마침내 약한 곳으로 떠났다"는 구절은 소년에게 자해를 한 시절이 있었으며, 어딘지 모르나 고향을 떠났다는 짐작이 가능하다. "이따금 세찬 사투리에 섞여 동백이 졌다"(「내가 소년이었을 무렵」)는 구절로 짐작하면 말이 크게 다른 지방으로 사는 곳을 옮긴 것 같으며 목련 대신 그곳에는 동백이 많았던 것 같다.

소년은 목련의 속도에서 자랐으나 자라면서 그 속도를 잃어버린 듯하다. 그리고 그 상실이 방황을 불렀다. 그러나 바닥의 삶 속으로 무너진 이용한은 그곳에서 멸망했으나 멸망한 삶이 아니라, 속도 경쟁에서 밀려난 삶이 아니라, 스스로의 속도를 지킨 인생과 사람들을 본다.

바닥의 삶만이 그의 속도를 확인해준 것은 아니다. 고양이도 그에게 삶의 속도를 일깨워준 소중한 존재이다. 여행 또한 그에게 세상에 아직 속도를 잃지 않은 세계가 있다는 것을 알려준다. 그리하여 그는 인생, 묘생, 여행 속에서 모두 자신의 속도를 되찾는다. 아마도 시인은 다시 찾은 그 속도의 세상을 어릴 적의 자신에게 돌려주고 싶었나보다. 시의 마지막 자리에 소년을 세워둔 연유일 것이다.

그리고 이용한의 세번째 시집 『낮에는 낮잠 밤에는 산책』을 읽는 사람들은 아마도 어렴풋이 느끼게 될지도 모른다.

그의 시집 속에서 시들이 용한용한 흘러가고 있다는 것을.

이용한 1969년 충북 제천에서 태어났다. 1995년『실천문학』신인상으로 등단했다. 시집으로『정신은 아프다』『안녕, 후두둑 씨』가 있으며, 산문집『안녕, 고양이는 고마웠어요』등과 동화『고양이 별』이 있다.

문학동네시인선 115
낮에는 낮잠 밤에는 산책

1판 1쇄 2018년 12월 24일
1판 4쇄 2024년 10월 20일

지은이 | 이용한
책임편집 | 강윤정
편집 | 김봉곤 김영수 김민정
디자인 | 수류산방(樹流山房) 본문 디자인 | 유현아
저작권 | 박지영 형소진 최은진 오서영
마케팅 | 정민호 서지화 한민아 이민경 왕지경 정경주 김수인 김혜원 김하연 김예진
브랜딩 | 함유지 함근아 박민재 김희숙 이송이 박다솔 조다현 정승민 배진성
제작 | 강신은 김동욱 이순호
제작처 | 영신사

펴낸곳 | (주)문학동네
펴낸이 | 김소영
출판등록 | 1993년 10월 22일 제2003-000045호
주소 | 10881 경기도 파주시 회동길 210
전자우편 | editor@munhak.com
대표전화 | 031) 955-8888 팩스 | 031) 955-8855
문의전화 | 031) 955-2696(마케팅), 031) 955-2678(편집)
문학동네카페 | http://cafe.naver.com/mhdn
인스타그램 | @munhakdongne 트위터 | @munhakdongne
북클럽문학동네 | http://bookclubmunhak.com

ISBN 978-89-546-5434-0 03810

* 이 시집은 2016년 서울문화재단 예술창작지원사업의 수혜를 받았습니다.

잘못된 책은 구입하신 서점에서 교환해드립니다.
기타 교환 문의: 031) 955-2661, 3580

www.munhak.com

문학동네